Siempre
se puede ganar
nunca

Jorge Onetti

Siempre
se puede ganar
nunca

ALFAGUARA

© 1998, Jorge Onetti y Herederos de Jorge Onetti
© De esta edición:
   1998, Grupo Santillana de Ediciones, S. A.
   Torrelaguna, 60. 28043 Madrid
   Teléfono (91) 744 90 60
   Telefax (91) 744 92 24

• Aguilar, Altea, Taurus, Alfaguara S. A.
Beazley 3860. 1437 Buenos Aires
• Aguilar, Altea, Taurus, Alfaguara S. A. de C. V.
Avda. Universidad, 767, Col. del Valle,
México, D.F. C. P. 03100
• Distribuidora y Editora Aguilar, Altea,
Taurus, Alfaguara, S. A.
Calle 80 n° 10-23
Santafé de Bogotá, Colombia

   ISBN: 84-204-8374-5
   Depósito legal: M. 11.952-1998
   Impreso en España - Printed in Spain

   Diseño :
   Proyecto de Enric Satué
© Cubierta:
   Ángel de Pedro

Índice

Prólogo . . . .　9

Mariana voló tras un caramelo amarillo . .　19

Hipercriticismo . . . .　33

Cuatro gotas locas . . . .　45

Siempre se puede ganar nunca . . . .　73

Das Kapital . . . .　77

Profumo di uomo o El suicidio casi
perfecto del doctor Gestankhausen . . . .　89

Ya no hay quien odie
al señor Pitocchietto . . . .　117

Espíritu sin luz . . . .　127

Terapia intensiva . . . .　147

El espectro de la rosa . . . .　171

Bye, bye, Bob . . . .　185

Saludo de Onetti

Jorge Onetti me dijo un día:

—No me puedo cambiar de nombre; si me cambio el segundo apellido por el tercero sigo siendo Onetti igual.

—¿Y si usas el cuarto?

—Es que el cuarto es Borges.

En realidad llamarse Onetti era lo que le tenía que suceder, no sólo por su procedencia familiar, sino porque en el alma indómita de su manera de mirar estaba también la herencia noble, inmaterial, inconformista, solitaria, de su propio padre, Juan Carlos Onetti. Mucho más sociable que éste, sin embargo, aceptó estar con nosotros, en Alfaguara, y nos ayudó a hacer y a mirar libros, a leerlos, a sentirse como uno de nosotros en medio de papeles ajenos. Además, a veces hacía asados en su casa, con las Andreas, su mujer y su hija, las mujeres de su vida, y se rodeó de amigos buenos que llenaron su casa de afecto; era mutuo el cariño que despertaba; sencillo y frugal en las palabras y en la vida, fue haciendo del silencio respetuoso y tímido una forma de expresión, y a través de ella se ganó la confianza y la amistad de muchos de los que aquí, en Alfaguara, le veían venir como si ya se estuviera yendo: no quería molestar, quería pasar de puntillas, no ser una ocupación para los otros. Acaso por ese carácter íntimo y exacto de persona cabal que exhibió con todos llegó a trabar una muy buena amistad con muchos de nosotros y singularmente con Amaya Elezcano, nuestra subdirectora, con la que trabajó asiduamente. Jamás hizo uso Jorge del nombre de su padre, ni de las influencias que ese apellido pudo haber hecho caer sobre los otros; fue Jorge, y era Onetti por el azar genético, y también por el afecto, como es natural, y por la admiración que expresaba por su padre; pero nunca utilizó esa noble mercancía de la vida para que nosotros viéramos en él a otro que a Jorge, Jorge Onetti. Con esa timidez que presidía su nobleza, un día cometió un gesto que le define, que le hace una vez más el retrato que le corresponde.

Ese gesto tiene hoy como resultado este libro de relatos. Y fue así. Una mañana el correo depositó sobre la mesa de originales de Alfaguara un original más, un manuscrito de considerables dimensiones, empaquetado en rojo; cuando lo abrimos, vimos dentro el guiño de Onetti, Jorge, que nos enviaba dibujos cariñosos, mensajes expresivos de su manera de no satisfacerse viéndose: un hombre que entregaba el manuscrito desapareciendo al mismo tiempo. Casi lo mandaba anónimamente, cuando pudo habérnoslo hecho llegar en propia mano, entregándolo con ese saludo caluroso y dispuesto con el que se cruzaba, siempre como si se estuviera yendo, con la gente de Alfaguara.

La rabia que da que este libro sea póstumo se corresponde con las inclementes actitudes del destino; Jorge murió a principios de este año de 1998, cuando ya la obra que nos había entregado se estaba fraguando según sus criterios estéticos, de acuerdo con su buen gusto para concebir los libros de los otros; a él le resultaba un sacrificio ocuparse de pronto de una obra suya, y aquí encontró manos amigas a las que confió su escritura. Hoy la confiamos nosotros a los lectores, como un homenaje editorial, con la convicción además de estar rindiendo servicio a una literatura verdadera, honda, divertida, arriesgada, ensimismada, que ojalá florezca también alrededor del ejemplo de Jorge. Él juega en su libro con los vencidos, con los solitarios; no sabrá jamás en qué soledad nos dejó a los que envidiábamos su manera interior de mirar su propia soledad, de afrontarla con la valentía poética de que hace gala en esta obra insólita.

JUAN CRUZ RUIZ

Para M. A. O., madre de todas mis batallas.

En homenaje y desagravio a los millares de «perfectos idiotas latinoamericanos» torturados, asesinados y «desaparecidos» por aspirar a un mundo mejor.

Hors-d'œuvres

«ATENTAN EN MADRID CONTRA UN JUDÍO
Y MATAN UN INOCENTE»
La Razón, Buenos Aires

«Mi padre me habló una vez de una fábrica donde trabajó durante algún tiempo en los años treinta: de vez en cuando, el capataz avanzaba hasta la cabecera de la línea de montaje y escupía, y el obrero que estaba más cerca de donde caía el salivazo quedaba despedido.»

FRANCIS M. NEVINS, JR.

Fritz Emmenberger, uno de los personajes de Dürrenmatt en la novela *La sospecha* —médico torturador y asesino que hizo prácticas en un *lager* de las SS—, sostiene que «hasta la creación literaria se ha vuelto hoy en día una actividad peligrosa, lo cual le hace un gran bien». Sin presumir, abriendo el paraguas aunque no llueva y me tiemble el pulso, debo dejar bien claro tanto a Herr Emmenberger como a las personas jurídicas y físicas real o presuntamente humanas, que ningún personaje, lugar, paisaje, animal, periódico, deidad, credo, secta, organismo, ciudad, institución o cualquier otro elemento geográfico, urbano, topográfico, cósmico, virtual y/o de cualquier otro tipo y condición que figuran en los textos de este libro alude o tiene alguna relación con personas vivas, difuntas, nonatas o genes patentados. Salvo Franny, todo es ficción, mero producto de la flaca imaginación del autor, incluso un par de palabras inventadas sin mayor fortuna.

J.O.

Mariana voló tras un caramelo amarillo

Para Andrea, una vez más.

Uno

Mariana no tenía tres corderitos. Apenas una arruinada caja de tabacos. Y esa caja de tabacos donde persistía, lejanísima, la fragancia del cedro, lucía un deslucido marbete en el que gran constelación de medallas doradas abrumaba el suave paisaje de una vega. Por encima de esa maraña de galardones asomaba —hirsuto querubín nimbado de nimbus— la cabeza flotante de un señor con antiquísimos mostachos. Sobre una banda ondulante y diagonal, aún podía leerse *LA ESCEPCIONAL*. Fiel, dócil y entre algodones, un tesoro aguardaba en la oscuridad de bajo la tapa: una fotografía estropeada, un diminuto cortaplumas oxidado con cachas de nácar y, anidando en un papelito arrugado, un caramelo amarillo.

Salvo el hecho de estar viva, ésa era toda su fortuna. La bomba no le había dejado otros recuerdos. Por ser tan niña, aceptaba con naturalidad las inmediatas consecuencias de la guerra y era incapaz de valorarlas. Sólo sabía tres cosas: que su padre —uno de los dos hombres rojos que aparecían en la foto sepia— podía haber perdido, a causa del terror pardo, la vida o la patria; que, fuera como fuere, era «huérfana en todo sentido» —según le dijera el cura— y que un hambre insidiosa roía sus horas.

Aunque a Mariana se le hacía la boca agua cada vez que inspeccionaba su tesoro, el caramelo amarillo sobrevivía y sobrevivía porque era intocable. Es cierto que la humedad o el tiempo pintaban trazos blanquecinos en su superficie de azúcar y también que ella los iba raspando con la uña y se chupaba el dedo y era como recuperar vagamente un recuerdo muy valioso, un trozo de memoria que, sin embargo, su conciencia rehusaba admitir. Aparte de eso, nada más; ninguna profanación. Sólo ese ritual esporádico.

Por alguna oscura razón, había otorgado al caramelo amarillo la condición de tótem y, de algún modo, lo suponía imprescindible para llegar a tener padre o recuperar la historia perdida, o al revés: recuperar al padre perdido y llegar a tener historia. Nada estaba muy claro y, además, eso no era cosa fácil por dos razones: primero, porque aunque conocía el nombre de su padre, no sabía a ciencia cierta cuál —de los dos hombres rojos que aparecían en la foto sepia— merecía ostentarlo. Segundo, porque, si bien vivía con la hermana casada de su madre, que la había acogido, ésta jamás había tratado en persona a Manuel Orlando Ímaz, o sea, su cuñado, pues era de otro pueblo y nunca habíase dejado ver por estos lugares.

Al dorso de la foto alguna mano esmerada había escrito con trazos monjilgatos: *Manolo y Juanjo en Sierra de los Vientos.* Nada más. Curiosamente, aquella caligrafía deliberada, reducida a fantasmales trazos castaño-violáceos, había omitido la fecha. Pero Mariana no frecuentaba esas letras apagadas. Su devoción se volcaba en la imagen donde un hombre que no era flaco sino ausente de grasa —un hombre cuyo rostro, manos y antebrazos eran el resultado del escueto dibujo que la musculatura trazaba sobre recia osamenta—, insinuaba un paso al frente. Ese hombre, presumía Mariana, era su padre aunque le cayera mejor el nombre de Juanjo que el de Manolo. Especialmente porque al Juanjo o al Manolo —a ese que permanecía en segundo plano, desvaído, indeciso, la escasa cabellera tumbada por el aire sobre un rostro redondo y fofo— ella lo había descalificado, desde un principio y para siempre, nombrándolo *Cara de Pasteta Cruda.*

Sólo con que Mariana echara una mirada al falso hueco del espejo o al retrato oval de su madre, quedaba bien claro que esa forma difusa, que contrastaba con las aristas de las piedras y parecía capaz de rebotar blandamente contra ellas, que ese *Cara de Pasteta* no era ni podía ser su padre. Además de tal certeza, el dedo reseco, agrietado y terminante de su tía había telegrafiado —con una serie de golpecitos sobre el pecho del hombre que avanzaba y que no era flaco, sino que había sido ignorado por la grasa— su convicción absoluta de que Victoria sólo hubiera podido casarse con alguien de ese tipo —con cara de llamarse Ramón o Pedro o José, cualquiera de esos nombres o parecidos, pero duro y seco y áspero— y que no podía comprender qué clase de padres hubieran sido capaces de bautizarlo Manuel. Y, aunque Victoria y ella se habían dejado de ver desde muy niñas, no le era posible dudar de su buen gusto de mujer. Y que ay y que qué pena que el avión, que la bomba del avión, no hubiera respetado tan siquiera la foto de bodas.

Dos

Pero Mariana rehúsa olvidar y perdonar. A sus veintitrés años, todavía atesora aquella caja de tabacos, vago testimonio manoseado e intacto —apenas una foto ambigua junto a la lenta agonía de un caramelo—, para apuntalar su ferviente afán de recuperar, vivo o para la memoria, al hombre que no había sido realmente flaco, sino desdeñado por la grasa y la fortuna. Posee también la fe o la certeza de que habrá de encontrarlo mediante confusos datos —simples pálpitos, vagas intuiciones— que lo suponen en algún lugar de las Américas. Deliberadas, ingenuas pistas del tipo cierre los ojos, pruebe suerte con el dedo sobre el mapa y gane. O insista, que otra vez será.

Por eso ella se cartea ahora con cónsules y se inclina, persistente, sobre un planisferio. Las largas alas de su cabellera acarician los dos chatos océanos y sus ojos se abisman en el malva pálido de *BRASIL*, el verde seco de *VENEZUELA*, el rosa de *URUGUAY*, el amarillo apagado de *ARGENTINA* o el alimonado de *COLOMBIA*, la celeste *BOLIVIA*, el perdido punto negro de la nevada *Whitehorse*. Todo un mosaico de incertidumbres.

Presa de su ardiente afán, afanoso y baldío, Mariana sueña que sueña, idea una idea: la confusa, improbable probabilidad de que los países dejen de ser chatas manchas de tinta.

Cuando se acepta un mito, se aceptan mil. Entonces los creyentes creen, mandan la razón a la cama y sin postre. En ocasiones, se acierta. Hay quienes suponen o pretenden saber que Mariana llegó a conocer —apenas—

el mar dulce o río salado de Montevideo; el
macabro esmog de Buenos Aires; el sangrien-
to, bastardo pinot de Santiago; la eterna suspensión acuosa, presente y ausente, gravitante
como una promesa o una maldición sobre Lima «la horrible» y que supo —también apenas— acerca de la horda latente que habrá de
descender sobre Caracas en alud de justicia, y
del mismo o parecido destino de Río donde el
ajusticiamiento habrá de ocurrir a ritmo de
samba. Y se llega a afirmar que, acaso, también
logró discernir la luz violeta de La Habana. Estos pretenden creer que, un buen día, Mariana
y su caramelo amarillo lograron volar tras una
buena pista. Aquellos opinan que hay gente
que se equivoca y, los hamletianos, afirman que
se fue a un convento.

Cero

De un pistoletazo, el sol —horizontal y
simultáneo— silenció el mar, despabiló el olor
a vida y muerte de la ciénaga, tomó los soporta-
les por asalto, penetró las ventanas, estalló contra las paredes encaladas y ocupó —inmutable
y perpetuo— la totalidad del aire, como si nunca jamás hubiera estado ausente de aquel perdido lugar del globo.

Restos entre sobras, los dos últimos jugadores de naipes —rastrojo de barbas en flácidos rostros, cenizas sobre guayaberas mustias— fueron amanecidos, de súbito, junto a copas pringadas por el ron, a caprichosas, endurecidas manchas invasoras del verdor del tapete, ceniceros infectos.

—Usté, don Moi —alertó el joven achinado por debajo de ralos bigotes en hilera.

El hombre gordo dio una cabezada, arrojó los naipes sobre la mesa y bostezó hacia el cielo raso de artesón, lo único allí virgen de apuestas porque ni el más opa de los jugadores, a todo lo largo y ancho de la costa, habría arriesgado un chavo por conjeturar en torno al día de su fatal desplome.

—Ya está bien, Oscarito. Ya basta —ordenó. Su mirada errática lamió los rincones del gran salón, untando los objetos sin verlos. Sus uñas melancólicas hurgaron entre los escasos cabellos, aplacaron picores, despegaron costras, islotes de caspa humedecida.

—Anoche casi llegó a faltar la bebida, Oscarito.

—Sí, patrón.

—Sí, patrón, un carajo. ¿Te lo tengo dicho o no?

—Es que... mire usté, don Moi, es que el comisario Baldón cada vez se muestra más exigente y yo pensé...

—¿Así que pensaste? ¿Yo te dije que pensaras o que, en este establecimiento, si hay algo que no puede faltar es la bebida, y que tú eres el jodido responsable de ese algo tan difícil y trabajoso como encargar botellas?

—Es verdá, pero no se me sulfure así tanto, que es que además tengo el problema de la Mariana. Usté sabe.

—Mierda, Oscarito. Lo que sí sé es por dónde te pasas mis órdenes. A la Mariana ésa, dala por muerta y enterrada de una buena vez. Te lo he dicho: «Desde hoy, Mary» y ahora me sales con un nombre que ya no existe porque yo, don Manuel Orlando Ímaz —conocido en estas tierras como comandante Moi—, lo he borrado del santoral. Métete esto en la cabeza. Te he dado un poco de soga con esa zorra remolona y nada más. Ahora venga otra botella, vamos.

Se apresuró Oscarito hasta el bar, agazapado pero ya titilante en multitud de destellos y colores. «Y un vaso que esté decente», gritó el hombre gordo. Se restregó los párpados y se desperezó como un pulpo. Apenas abrió los ojos, el otro ya le escanciaba sumiso. Se zampó el ron de un trago y agitó sus mofletes con un brrr ostentoso.

—Lo he dicho siempre y lo sostengo: este es desayuno para un macho. Tú también puedes servirte, aunque no sé.

—Un respeto, don Moi, que yo no soy de ésos y bien que lo sabe.

—¿Que yo lo sé? No lo sé ni me consta. A tu Rufina, tal vez y quién sabe. ¿Ves lo que te decía? Acabas de ganarte un buen sopapo. Te doy de soga un tantico así y ya me plantas cara, so cabrón. Tira que tira, que sólo servirá para ahorcarte. Te digo: «Ocúpate de Mary, trabájamela, quítale tú las cosquillas pues hay razones personales que me impiden confiársela a la que ya sabes», y ya basta para que te creas un chulo de los monparnases. A tipejos más duros les he cortado las alas o es que ese tema no lo tienes resabido ¿ah?

Oscarito muequeó, torció la boca y un ojo mientras su cabeza temblaba. Dijo:

—Es que es muy fantaseadora, la Mary. Imagina historias y cosas que después usté no quiere que se las repita. Filfas, cuentos descabellados que me atolondran, me sofrenan y me llevan por la calle de la amargura. Me sume en la confusión y usté se me cierra en banda. ¿Comprende?

—Pues no. Primero, porque no se me da la gana y, después, porque no es preciso ser muy listo para saber que todas estas golfas dejan volar su loca fantasía.

—Con su licencia, estimo que ésta es distinta, como que más fina ¿sabe?

—Oscarito, Oscarito, nada de paños tibios con estas ninfas. Te lo tengo dicho.

—Nada, patrón, pero es que abunda en palabras difíciles cuando inventa historias sobre usté, de quien simula tener anterior conocimiento, y me deja hecho un lío.

—Eso de hablar en difícil dificulto que se te pegue porque, para ese mal, ya estás vacunado. Por lo demás, que no se te vaya a pegar de ella ninguna otra cosa, ni un pelo. Lo digo por tu salud. Pero, mira, conozco bien el paño: la Mary no es más que una rojilla pesada y presuntuosa, hija del pecado y con la cabeza llena de pendejadas. Duro con ella, Oscarito, porque está claro que calumnia a quien te da de comer, o sea yo. Y ya que hablamos de comer, alcanza algo para hacer pared, que me pica el bagre.

—Como usté mande. Dijo y se esfumó en estancias que parecían más frescas, no por ausencia del sol, sino por el sueño silencioso de las mujeres que descendía —densa cortina de tul mecida por la brisa— desde los pisos altos, como se llueve solitaria una nube a lo lejos, allá sobre el Caribe. Volvió con jamón, queso y aceitunas.

—Regresaste muy pronto. No serán sobras de anoche, ¿verdad, Oscarito?

—Qué va, jefe. Usté me conoce: Espidi González, para lo que mande.

—Vaya si te conoceré, Gonzalito.

El hombre gordo lanzó un gran suspiro, apartó una mosca de su cara y entró a devorar. Después pasó el dorso de la mano por la boca, lo restregó en el tapete y se sirvió más bebida. Habló:

—Vamos a jugar a un juego, dijo.

El otro comenzó a manosear los naipes y el hombre gordo lo detuvo extendiendo un brazo culminado en una mano pecosa y con hoyuelos. «No —dijo—, no. A otra clase de juego: yo hago como que duermo y tú me cuentas uno de esos cuentos. Será la única forma de que yo no te arranque la piel a tiras. ¿Vale?».

Los ojos de Oscarito fueron dos bolas de carbón, pero volvieron a achinarse y él a muequear y a decir que sí con la cabeza. El hombre gordo se repantigó, imbricó los dedos, posó las palmas sobre el abdomen, frunció los párpados y aplastó la papada contra el pecho. «Comienza ya, Oscarito», emitieron sus belfos.

El joven achinado tragó ruidosamente. Luego se limitó a abrir la boca y a cerrarla en un mordisco. En ese instante se oyó y se supo que el mar había decidido volver a sonar contra la playa y que el aire, a despecho del sol, volvía a ser tripulado por gaviotas triunfantes sobre el fresco aroma a sal y yodo que desprende la espuma de la resaca.

El hombre gordo gruñó y el joven atusó su ínfimo bigote al tiempo que lo observaba, torcido y cabizbajo, entre la maraña de sus cejas. Entonces se atrevió a comenzar. Dijo:

—Había una vez un país donde hablaba la perdiz y el zorro era comis...

—¡Pero mira que eres bestia, Oscarito, qué bestia eres! Te lo digo de todo corazón, de verdad. ¿Por qué, mejor, no me cantas una nana? Te pedí un cuento, pero de los de ella; alguna de sus viles patrañas.

Recobró su postura anterior, mientras la congestión se escurría de su semblante.

—Positivo, jefe, positivo; no pretendí sulfurarlo. Pero, bueno, usté mismo si es su deseo y voluntá. Cuando le doy tratamiento, más temprano que tarde, la dama me monta el chow. Eso es fatal y me desbarata, puede creerme. Siempre me aparca más o menos la misma cantinela. Siempre llega el momento en que me planta cara y díceme: «¿Hasta cuándo, cabrón hijo de puta?». Dígole: «¿Mande, señorita?». Díceme: «Ahora no me salgas en plan fino, so maricón».

El vientre del hombre fofo se agitó convulso, los labios torcidos en una risa muda que sofocó el paso de una veloz nube de octubre. El otro prosiguió con su historia:

—Modos y maneras aparte, cualquiera repara que se trata de una hembra de calidá, que no es una pendanga del tres al cuarto, si me permite la observación. Y ante eso, yo, chapó. No vaya a creerse, por esto, que me ablando. No, qué va. Firme el hombre, pero paciente y armado de astucia. Dejo que se descargue. Hay veces —confieso, jefe— que casi que me la creo hasta que reparo que habla por boca de loco. Entonces me pregunto qué coño procura ¿zafar? Si es que no tiene salida; debe saberlo. Es que nadie entiende a las mujeres, y yo menos que menos. Véola por completo desubicada y desvariante: que que un caramelo amarillo que se tragó cuando —dice ella y, con perdón— topóse con ese cerdo de amo cara de pasteta que tú tienes; que que descubrió quién era su verdadero padre y es que ya yo no la entiendo cuando se remonta a hablar como si fuera hija de un marciano o de una clase de bicho que no existe pues, según dice y afirma, su señor padre resulta ser un flaco que no era flaco. Lueguito me dispara eso del gordo y el flaco. Mire usté, advierta y tome nota, jefe, que esta jeva ha sabido abusar en demasía del biógrafo y de la tele.

»Y siempre llega un punto en que voy y le platico, como para que cobre ánimos y recapacite: "¿De qué coño hablas tú, chica?" Lo que viene a complicar la cosa porque entonces va y ya no para: que una foto, que un gordo fofo y de vuelta y nuevamente vuelve a aparecer ese bicho flaco que no es flaco. Pero eso sí, cuando comienza a pasar la película en la cual me viene con la envolvencia de que usté mata, por motivo o causa más clarito que el agua, a ese flaco porque él y su madre de ella, que vendría a ser —dice— su propia parienta o señora esposa de usté, no sé si me explico y entiende, ahí es que me le pongo firme. "Un respeto", le ordeno y entro a darle disciplina. ¿Se hace cargo, jefe? Desquiciada por completo.»

Oscarito se interrumpió. El hombre fofo roncaba.

Las mujeres comenzaban a descender, a poblar el aire de voces y denso olor a sueño.

Hipercriticismo

A la memoria de Juan Oller

Aquí, los muchachos, me llaman *Criminal Exhausto*. Se me escapa el porqué. Será que a ellos, a esta chusma, les gusta usar palabras difíciles sin pescar su significado. Pero, bueno, a lo que usted prefiere oír, supongo.

Conocía y rechazaba —conozco y abomino— una serie de teorías y frases más o menos fascistoides. No sé si me explico: basuras como ésa de la impregnación o aquello de los cabellos largos y las ideas cortas. Y, si no llego al extremo de enarbolar la bandera del feminismo, es porque esas señoras pretenden salvarse solas. Están piantadas: zafamos todos juntos o aquí no zafa nadie. Con esto, lo que quiero señalar es que, para el caso que nos ocupa, estaba desprejuiciado por completo ¿comprende? Pero, claro, la mala suerte me jugó una carta brava, como dice el tango. O, más bien, podría ser capricho del destino. Pero no se me asuste, que no voy a quedarme en palabrerío hueco. Aunque hay palabras —créame— que son hechos, si es que van acompañadas de la acción o la prueba. Se cargan de verdad o, mejor dicho, les sobreviene un mayor peso específico; que no vale igual decir «lo enfrié y en algún lugar habrá quedado para abono» —es un porejemplo— que «aquí tiene su comida, señor comisario». La prueba de la infamia, o sea.

A lo que íbamos: ¿sabe lo que soy, en realidad? Una víctima de la autocrítica; eso. Y me permito conjeturar que *Le Papier* —como detonante o como antecedente— no sé, tuvo mucho que ver en este desgraciado asunto. Si hasta compuse una frase idiota que, al principio, me pareció ingeniosa: «*Le Papier* desinforma por doquier».

Ya lo sé: usted no entiende nada, piensa que estoy loco o fingiendo. Que divago. Nada más ajeno a la realidad ni a mi deseo. Con ese papiro ocurrió lo que, con su licencia, paso a relatarle. Ya sabrá —y, si no, se lo digo yo aquí y ahora— que soy o fui jefe de archivo de *El Diario*... Perdone si ofendo, pero la roñosería es algo generalizado entre los patrones que suelen padecerla de un modo endémico, intrínseco, idiosincrásico, si es que existe o me acepta el término. ¿Y los administrativos? Sombras, nada más. Bueno, pues esos tipejos facistoides —que diría El Barbas— están siempre, por esa historieta de la obediencia debida, queriendo ahorrar el chocolate del loro a costa de quienes la yugan, a costa de la profesionalidad y de la calidad del producto ¿vio? Yo, por mi parte y como buen colonizado anclado aquí, al sur del Sur, lejos de todo, consideraba imprescindible que el archivo recibiera *Le Papier.* Ellos, que no; claro. Llegué a ponerme muy pesado, puede creerme. Finalmente aflojaron. Pero, como era de esperar, los miserables pagaron una suscripción vía marítima. Fijesé.

Pero no se me impaciente, macho, que todo llega y se explica.

Sin embargo ¿puede creerlo?, había números que llegaban como un rayo. Conjeturo que hubo un error y los mandaban por aeroplano. La razón se me escapa pero, al principio, los ejemplares llegaban a los pocos días y yo creí tener un dios aparte. Por desgracia la cosa pronto se *normalizó* y, como puede imaginar, empezaron a caer a cada muerte de Papa —desde París, Francia— paquetones zunchados con ejemplares atrasados en cantidad. Para mí, estaba claro que algún estafeta, aduanero o sobrecargo —cualquiera de esos cosos— enfardaba los diarios acumulados en puertos remotos y bananeros en los cuales, cargueros zarpados de Marsella o de El Havre —esto no estuvo para nada claro y, además, no importa—, se desprendían de ese tipo de bultos cuando los armadores les ordenaban un cambio de ruta. Y allí se apilaba *Le Papier* hasta formar un vago proyecto, una lejana idea o intención de futuro fardo desparramado en algún galpón recalentado, embebiéndose de olor a jungla, a pantano, a mufa, absorbiendo miasmas. Y el Día de Reagan o de Quayle —el día menos pensado, o sea—, cuando al funcionario tropical se le daba la gana, cuando el aburrimiento se le hacía insoportable o había inspección en puerta —vuelvo a conjeturar—, metía los diarios en la primera bodega que, a ojo, pudiera arrimar los bultos hasta aquí o, más no fuera, hasta otro puerto cualquiera y así sucesivamente.

Esto no es puro invento mío. Me surgió por la pinta de los sellos, las estampillas, los cuños que parcheaban los bultos y por la escritura pretenciosa y analfabestia que apuntaba supuestos errores de destino, que reexpedía los fardos con trazos de desprecio, como si perdonara una ofensa involuntaria hija de una pura ignorancia que, para peor, era apestosamente foránea.

Ya lo sé, ya lo sé: usted creerá que me estoy yendo por las ramas pero me resulta duro y, aun, doloroso entrarle de lleno al tema, abordarlo sin más ni más. Es algo que me tiene medio cacatúa todavía. Porque una cosa es el asunto de *Le Papier* y otra cosa es la otra cosa, aunque todo venga o esté enrabiado. ¿Pesca? Pero iré por partes, dije, o lo digo ahora.

Soy archivero de profesión y de vocación. A esto, póngale la firma. Estoy al día con las noticias, las sigo con pasión sincera. Aunque hay en mí otra vertiente o, dicho mal y pronto, la verdad de la milanesa es que la timba me pone loco. Imposible que pueda imaginarse la de apuestas que gané, consultando ese papel, sobre si habría golpe en Uganda o en Bolivia o sobre la corta vida de cada nuevo gobierno italiano o, sin ir más lejos... Sin embargo, resultó ser puro producto del azar. Pero, mire, si le estoy diciendo todo esto es para que comprenda lo atento, lo pendiente que siempre estuve de la información a nivel mundial.

Nada más valioso que la información, si es certera. Al principio, cuando *Le Papier* —que me tenía engualichado y, ahora, engayolado— llegaba por milagro en pocos días, me creí invencible y aposté ciegamente fiándome en sus pronósticos o vaticinios hasta comprobar en carne propia que, si al principio me sonreía la fortuna, eso me llevaba de cabeza al muere. No tuve más remedio que mirar con otros ojos, a juzgar con rigor mi biblia franchuta y, al ir leyendo aquí y allá, comencé a sufrir una sensación extraña, como confusa; algo parecida al pequeño vértigo que siente uno en la oreja cuando pasa junto al tupido silencio que larga el papelerío de los archivos. Al principio fui incapaz de manyar a fondo el estofado. Cuando por fin caí, ya era demasiado tarde.

A todo esto, yo había ido juntando presión y más presión a medida que me iba percatando de que *Le Papier* jamás nunca acertaba. Y eso lo pude comprobar, precisamente, gracias al retraso con que recibía el papiro. Si hacía dos meses traía escrito «blanco», los hechos de la realidad porfiaban que había resultado «negro» y a la viceversa. Que si De Gaulle esto, que si Carter aquello, que si los rusos, que'sto y que l'otro. ¡Bah!, pifiada tras pifiada, puede creerme. Y ahora me dicen que *Le Papier* acaba de suicidar a Glenda Jackson en primera plana. ¿Qué tal? Pero no vaya a creerse que por mi boca habla el despecho. Es que ése es un pedantísimo diario intelectualoide que ni siquiera sabe en qué día sale a la calle ¿se entera? Pues lo digo yo y basta.

La confianza mata al hombre. Con los primeros envíos creí tener un arma infalible no sólo en lo profesional, comprenda, sino también, con perdón de la palabra, en lo lúdicro; las apuestas, o sea. Pero en realidad la cosa fue así: primer round ganado por puntos a mi favor. Segundo round y yo a la lona; perdí como en la guerra. Tercer round: KO. Y así, siempre de perdedor cuando antes permanecía invicto durante semanas.

Lo peor fue que llegó un momento en que todos se enteraron de cómo iba la mano, del alcance de mi locura, y comenzaron —suave— a fintear con la sombra de un apodo. La primera vez lo escuché en redacción y a mis espaldas: *El Papirote;* la segunda, en talleres: *Papiruso*; la tercera en expedición: *Paparulo.* Al principio fue así, aislado —¿me sigue?—, propiamente como las gotas indecisas de un mezquino chaparrón de verano. Después vino el diluvio y me quedó *Paparulo* como marcado a fuego y para siempre. Puede apostar que maldita la gracia. Tiré la bronca, pero fue peor y al final me lo tuve que tragar doblado. Si hasta hubiera preferido eso de ahora, lo de *Criminal Exhausto.*

En pocas palabras, que fue un calvario. Y ya se sabe que no hay peor rabia que la de un tipo que ha perdido la fe, un decepcionado. Sí señor, estrilaba. Pero *Le Papier* se encontraba muy lejos de aquí, fuera del alcance de mi furia. Así que —sin quererlo ni saberlo; sin notarlo, quiero decir— fui descargando esa rabia contra mí, contra *El Papirote* o el *Papiruso* o contra la parte de *paparulo,* de despojo exhumado y expuesto a la vergüenza que todos preferimos llevar dentro y bien enterrado. Porque, por si usted no lo sabe, el sentido del ridículo puede matar a un porteño, fulminarlo. No me pregunte debido a qué carajo nos mostramos en cambio tan ridículos cuando salimos de nuestro hábitat porque eso es misterio insondable. O secreto de sumario porque todos los porteños nos sentimos reos de algún delito u omisión, confusos que no atinamos a identificar o preferimos no hacerlo. Y ahora que lo pienso, dígame: ¿todo este asunto no le resulta medio freudiano? Sea como sea, la cosa en sí fue que me entró la depre y me volví un autocrítico del carajo.

Pero con rigor ¿eh? Porque, aquí donde me ve, cuando yo opto por una tesitura no cejo en el empeño. Hay hasta presidentes que dicen que, antes que firmar ciertos documentos, se cortan la mano. Y trascartón van y estampan la millonaria como si tal cosa y se quedan de lo más panchos. Se trata de una plaga generalizada, mundial, porque ¿usted vio, por un casual, a algún político manco? ¿El Káiser? No haga trampas. Amnésicos y tuertos, sí: Waldheim, Le Pen, por sólo nombrar a un par, que la lista es muy larga y dudo que alguien pudiera completarla sinmigo.

Bueno, volviendo a eso de la autocrítica, le juro que no me dejaba pasar una. Era estricto: macana que hacía o decía, macana que reconocía abiertamente y me la autorrefregaba por la jeta. Me marcaba más de cerca que mi propia sombra. Como hacen con el Pelusa, ¿vio?

Yo viví martirizado, créame; y algún día, por algún lado, la cosa tenía que explotar.

Si ella tan sólo se hubiera quedado en el molde. Pero no. ¿Vio eso que tienen las mujeres de querer dar consuelo, ese costado materno? Pues eso. Pretendió alentarme, ponerme en un pedestal de cartón pintado. Y bien sabía yo cómo era la cosa, porque, aunque la autocrítica siempre me funcionó a mil, me venía la rabia peor que nunca, se me subía una mostaza imparable. Pero me contenía ¿sabe?, lograba sofrenarme. Cuántas veces le habré dicho: «Vieja, parala. Pará un cachito y dejame tranquilo con mis asuntos. No te metás, por favor, te lo tengo pedido una y mil veces».

Pero ella, nada. Y meta dale que te dale a la manija. Venían visitas o salíamos, estábamos con gente, y yo ni muz, muzarela total. Entonces ella iba y pinchaba su eterno disco. No fallaba una: «Es como dice el Toto y tiene razón». Como la quería yo tanto —más que a nada en este mundo, como a una madre; créase o no, me da igual— trataba de no sulfurarme, me la bancaba, dejaba pasar el chaparrón. Así que ella seguía como mosca de tambo: que si «mi Toto nunca se equivoca», que si «mi Toto ya lo dijo», que «mi Toto está muy bien informado» o «¿a que no saben lo que opina mi Toto?». Todo lo que el Toto —que soy yo o lo era para ella—, afirmaba había sido dicho al boleo y en privado, sin pensar o, más bien, como si pensara en voz alta. Cosas, reflexiones que en ese momento me perecían importantes pero que, al ser repetidas pasado un tiempo por mi peor es nada, se revelaban como puras pifias, auténticas burradas. Algo así como lo que me ocurre con algunos sueños.

Los demás, la gente de visita, aunque a veces se miraban entre sí fugaces como un rayo, no acusaban recibo o lo dejaban correr, pero yo no. Yo me sentía cada vez más hipercrítico. Pero ella, ciega de amor y devoción, estaba atacada del síndrome de Lepapier y no dejaba de arrastrarme de papelón en papelón. Hasta que, llegado a un punto, ya no lo pude soportar. ¿Está claro? No pude aguantar más la incompatibilidad de caracteres. Era como en el ring: en este rincón, *Devoción Insensata* versus *Feroz Autocrítica.*

Ésa fue, abreviando, la razón pura y simple por la que, sin lujo de violencia, pese a mi amor, la maté...

Me dolió más que a ella, y yo, todavía, lo estoy sufriendo. Lo estimé necesario porque, a mí, eso del hipercriticismo me funciona cantidad ¿vio? Tuve que sobreponerme a mis sentimientos ya que, aunque tal vez no dé la impresión o no lo exteriorice demasiado, quien le habla tiene su corazoncito y es un ser sensible. Pero, ojo: a esto último no se le vaya a ocurrir meterle por delante el híper. Mucho ojo, que eso no es cosa de hombres. ¿Halla?

Cuatro gotas locas

A los 33.000 «Orientales»

Tiempos hubo en que pudo ser creíble aquel encanto de cada tarde —cuando Gloria avanzaba hacia él sobre su formidable par de piernas y como sabiéndolo— que inauguraba un mundo prodigioso. Sus ojos sin confines la delataban poseedora de la inconciente conciencia de que su impacto —adueñándose de Raúl, de todas las miradas— le infundía seguridad y poderío. Por cierto, un poder menguado respecto de la magnitud desmesurada ante la que él o aquél o este otro, míseros mortales, sucumbían al concederle. Poder sumamente relativo y lábil pero que —en ese tiempo sin intruso— engendraba placer y alegría.

Él salió de Tribunales y se plantó, como en cada cinco tardes por semana, frente a la plaza dedicado a escrutar entre la provocación tropical de los gomeros que la devoraban en su sombra abusiva. Fue entonces cuando ella, caprichosamente puntual, surgió y volvió a ser única, excluyente, borró una vez más el paisaje, las gentes, la opresiva mole de los Tribunales. Gotas como monedas fueron aplastándose perezosas, aquí y allá, formando embudos en el polvo de la plaza, orlándose de pestañas como el oro de la baraja contra las baldosas calientes, apresurando el paso de la mujer más hermosa del mundo.

Como en cada reencuentro, Raúl gozó de un arrebato en la sangre pero esta vez paladeó una estrategia o, mejor, estratagema: protegerla, hasta que cesaran esas cuatro gotas locas que no mojan pero empapan, metiéndose en el café Smart —antro jamás hollado por ellos a causa de su elevada contaminación de periodistas y vendedores de fianzas—, violar el pacto tácito de un par de martinis resecos en el Sportman, la desesperanzada exploración de librerías, la película menos impotable y el amor pasada medianoche. A cambio de eso, ir desde el café directamente a la cama confiando en que, recién entonces, se oficiara todo el aparato de la lluvia como culminación y fe de existencia de aquel mundo prodigioso que ella inauguraba cada tarde. Fue un paso en falso; la perra vida no le había demostrado, aún, que no se debe proteger a las diosas.

El plan funcionó pese a la violación de los ritos. Dios dejó ver su cara en reiterado alarde exhibicionista y hubo bienaventuranza compartida, con redoblante fondo de aguacero. Parece sin embargo inevitable que, después de esas noches, haya siempre que pagar en días contantes y sonantes. Uno, otro y otro más, hasta que vuelva a repetirse —o no— el momento perfecto y así sucesivamente hasta que la luna se precipite a tierra o el sol decida estallar de una vez y para siempre terminando con el sinsentido del mundo y la existencia que, a través de los siglos, hemos pretendido racionalizar sin fortuna.

Si el sino o la muerte no tercian, no faltará ocasión para que una presencia fortuita —alguien, cierto olor, tristes recuerdos agazapados— nos despoje de los sueños frotándonos el hocico contra la inmundicia, condenándonos a una cruda vigilia eternamente confiada en el improbable retorno de la dicha. Tan impeorable estado —que Gloria no dudaría en calificar de «suspensión acuosa»— puede ingresarnos en la pesadilla y un paso en falso, el menor descuido, precipitarnos en el terror, la parálisis o la nada.

Tras muchos meses de triunfos y recaídas, Raúl había logrado ignorar la presencia del incesante, agorero gemido de las sirenas policiales —y la de aquellos otros coches, mucho más siniestros, que circulaban mudos, sin placas ni destino confesable—, telón de fondo que, en una eternidad de terror solapado, imponía silencio a la ciudad, clausuraba caras y gestos de justos y pecadores. Fue precisamente al día siguiente de la noche anterior cuando ese peculiar estado de suspensión acuosa asomó sus cuernos. No bien entró en la sala de prensa de Tribunales, Raúl fue vejado por el saludo sospechosamente inusual y la sonrisa húmeda del Gordo Padilla, más conocido en la redacción como *El Yeti*. En aberrante incongruencia con su metro noventa y su anchura de dos plazas, Padilla tenía rasgos y cabeza, piel y manos y pelambre de enano.

La situación se agravó cuando ese auténtico enano más grande del mundo, con el que apenas si había cambiado palabra a lo largo de tres años, arrojó el periódico sobre su mesa y, en un evidente intento de inaugurar una relación rezumante de complicidad, se arrimó a Raúl y lo prepoteó con un «Vamos a tomar un café, pibe». Ya fuera por la carencia de sueño o debido a que en aquellos tiempos interminables sólo cabía acatar, oponerse subrepticiamente o ser candidato al muere, lo cierto es que accedió mecánicamente. Caminó tras el Yeti, el nuevo día pesándole en los párpados, un sabor a Gloria reinando aún en todas sus terminales nerviosas, papilas, intersticios, poros y entretelas.

Abandonaron Tribunales para penetrar en el sonido y la mugre del Smart, sobrellevar colegas, picapleitos y confidentes, su presencia desmedida. Pidieron dos exprés y callaron. Cuando los posos ya se enfriaban veloces a pesar del amparo de los pocillos, el Gordo Padilla dejó caer sobre la losa de la mesa palabras como gargajos: «Pibe, dejame decirte que no tenés ni la más puta idea de lo pelotudo que sos, de lo muertito que podés llegar a ser. Te tenemos más junado que el tango *La cumparsita*». Para Raúl, el café se inundó de silencio y lo hubiera mandado a la mismísima mierda de no haber percibido el nítido hedor de amenaza paraoficial, mezcla de hedor a bosta y electrodos, saqueo, pólvora y sangre derramada. Parpadeó apenas, las orejas rojas aunque congeladas como su propia voz. El batifondo leguleyo y futbolero volvió a instalarse y pudo escuchar los últimos jirones de sonido que emitía el Yeti: «... haberte dado cuenta de que lo sabemos todo. Pero, debilidades de la persona, me caés bien y creo que podemos llegar a trabar una amistad. ¿Cómo te suena?»

Le sonaba fatal. Comenzó a poder rescatar —una a una— las palabras usurpadas por el golpe de pánico, silente como una parálisis a la que se iba sobreponiendo de a poco. El otro había sido claro: tenía información «de arriba» sobre las actividades de Raúl como delegado del comité de empresa clandestino del diario y, peor aun, había visto su nombre en «la lista»; no pensaba decirle en qué puesto aunque él podía manejar la cosa, alterar el orden, borrarlo si había suerte y buena voluntad.

—Me suena raro, muy raro —dijo Raúl—. ¿Éramos enemigos? Somos compañeros, creo.

—Compañeros son los huevos. No trabajamos para el mismo patrón y no te hagas el idiota, haceme el favor. Lo que te estoy proponiendo es una tregua particular y privada, entre nosotros dos. Un arreglo en medio de esta guerra que llaman sucia, como si las hubiera limpias. No podés pedir más.

—¿Por qué?

—A ver si te avispás, pendejo. No estás en condiciones de elegir o no te conviene. En este partido, el único que elige cancha soy yo.

—Te estoy pidiendo una razón.

—Me sonrío.

—Es que no va a funcionar.

—¿Ah, no? Me río.

—No. No soy un delator.

—Tururú canadiense. Ese detalle, hoy por hoy, me importa un carajo. A propósito: qué buena está la mina que portabas ayer. La vi entrar aquí y era todo un espectáculo.

Por la noche, cuando Gloria fue al Damas a empolvarse la nariz, decidí protegerla. Abusé de su ausencia para registrarle el bolso y quitarle el llavero. A su regreso, la convidé con otro martini. «¿Cuáles son sus intenciones, caballero —bromeó—. No, gracias, ya tengo bastante por hoy. Vayamos a casa, Raúl». Entonces monté la pantomima, palpé desconcertado todos mis bolsillos y sobreactué:

—¡Perdí las llaves, carajo!

—Siempre el mismo. No te preocupes que yo tengo mi juego en el bolso. Lo abrió para guardar la especie de neceser que había llevado al Damas y empezó a revolver y a inquietarse.

Muy despacio, irguió la cabeza enmarcada por un fular anudado como sólo ella sabía hacerlo; el rostro inclinado, azulado por el neón y empeñado en recordar.

—No sé qué puede haber pasado —dijo—. Estoy segura de que estaban aquí.

Como resultado de mi escamoteo tomamos otro martini y acordamos pasar la noche en un hotel por horas, donde ella se durmió finalmente y yo permanecí fumando en la oscuridad. Trataba de justipreciar el poder y las intenciones del Gordo Padilla, interpretar el porqué de su sospechoso, ridículo pacto unilateral de no agresión. Pero lo que realmente me enfurecía era su alusión a Gloria y, aunque por una noche había evitado que nos sorprendieran en casa, sabía que estaba atrapado. Si de verdad figuraba entre los candidatos al muere, debía aceptar el trato o esperar mi turno de desaparición de este puto mundo. Decidí que lo más sensato sería actuar como si nada hubiera ocurrido, manteniéndome atento a las circunstancias, fabricar esquivas sonrisas equívocas destinadas al hocico lampiño de Padilla y permanecer atento a su próxima jugada.

De modo que al día siguiente me entró un insólito cariño por mi suegra. Convencí a Gloria de que la teníamos muy olvidada a la pobre, que fuera a pasar el día con ella, que cenaríamos con su anciana progenitora y que yo me ocuparía de resolver el asunto de las llaves.

Aunque antes de dejar a Gloria en casa de su madre, donde habíamos pasado la noche, había telefoneado al diario para averiguar si el ambiente era saludable —vale decir, si ningún desconocido de pelo corto había demostrado curiosidad por mi persona—, me detuve en mitad de la tarde para observar los alrededores del edificio. Favorito para el segundo premio a la idiotez, pretendí descubrir algún indicio de peligro. Todo parecía normal, pero no conseguí sosegarme. Perdido por perdido —pensé—, sería mejor que si algo debía ocurrir, fuera en el diario y que Gloria quedara al margen. Así que entré y avancé contra la marea de la redacción sintiéndome como si tuviera que dar explicaciones urbi et orbi, como un Papa excomulgado, sin fueros, sin novia y sin fe. En suma: como si no acabara de darme una larga ducha —después de— y de tomarme un café doble. Otorgué un mísero *hola* a Legui, el ordenanza, y me deslicé entre los escritorios impartiendo vagos saludos a diestra y siniestra, algo totalmente incierto porque allí izquierda y derecha se encontraban tan indefinidas, entreveradas y sospechosas como los ingredientes de una olla podrida.

—Eh, Raúl, te estaba esperando —me gritó el jefe de redacción desde su pecera. Me acerqué a él con cautela y sensación de riesgo aunque supuse enseguida que, de existir algún peligro, todo hubiera sido diferente. El jefe me alcanzó un manojo de despachos arrancados de la teletipo.

—Este material —explicó— es para que te hagas una composición de lugar, pero no le des demasiada pelota. Hay que esperar la información que nos pase Padilla sobre esas maniobras navales. Tribunales, cubrilo por teléfono.

—¿Padilla? ¿Qué pasa con Cordero?

—Que dio parte de enfermo y tuve que mandar al Yeti para ver —bromeó— si esos bichos flotan o se ahogan.

Mientras iba a mi escritorio sentí un alivio estúpido, crucé los dedos y deseé que una bala perdida o, mejor, la explosión de una santabárbara borrara del mapa a ese peligroso, falso enano.

Si bien durante los días que ocuparon las maniobras no hubo novedad en el frente —o sea ninguna información sobre la muerte de un periodista lampiño—, al menos me vi libre de soportar la presencia del Abominable y retornaron los tiempos de Gloria. Volvimos a dormir en casa después de los festejos rituales en el Sportman, claro.

Terminada la guerrita marinera, el Yeti reincidió en la redacción donde tropecé con él. Dejó volar por sorpresa una mano ávida que se posó durante un segundo contra mi paquete al tiempo que decía «Tururú canadiense». Siempre sin mirarme a los ojos, murmuró «¿Qué tal, pibe? Pasa nada ¿viste?» y siguió su camino.

«Yeti fanfarrón —pensé—. Y yo, cagón: de cuatro gotas locas hice un diluvio. Ahora parece que a éste le gusta la manguera, así que el enemigo ataca desde un flanco inesperado». De modo que todo volvió a la normalidad, se aplacó mi paranoia y pasaron semanas hasta que el teléfono reventó la madrugada. Entre sueños, Gloria y yo presentimos desgracias familiares, preferimos suponer que unos dedos borrachos habían confundido agujeros en un disco lejano y ajeno a nosotros. No fue así, sin embargo.

—Hola ¿pibe...? Padilla al tubo, Raulito. Estoy en el Salón Bleu. Empilchate y venite rajando. Tenemos mucho de que hablar y estoy solo.

Vino pitando. La voz del amo se obedece a rajatabla. Pero es buen muchacho, el Raulito este. Estuvimos dándole al alpiste como hasta las cinco o las seis, no sé. Lo llevé todo el tiempo del cabestro. Decidí de qué se hablaba, cuándo había que callar y prestar atención a los musicantes y cuál era el momento justo de ordenar otra ronda. A estos pendejos les falta disciplina y hay que meterlos en vereda para sacarlos buenos, eso es todo. Se lo veía como perro en bote. Miraba sin comprender. Esperaba tenso y extrañado, preparado para asimilar algún golpe bajo, mientras que yo le hacía comentarios sobre las minas de la barra, la goleada del último clásico, que esto y que el otro, bueyes perdidos. Tratamiento suave para ir sacándole las cosquillas. Entre eso y los tragos, se me fue amansando hasta que estuvo listo para venir a comer de mi mano.

No le dejo ver mi juego y, además, no puedo porque ni yo mismo sé qué es lo que me está pasando, qué quiero, pretendo o busco. No se trata únicamente de soledad. «Hacete de amigos», no para de decirme mami desde que la puta de la Nora se me piantó con un coso de la DGI. Puede ser que yo no quiera que los chicos de la pesada me lo estropeen al pibe, aunque no barrunto el porqué o la razón. Cierto que es un tipo pintón, Raulito, y sabe de pilchas. Pero nunca me pasó por la cabeza imitarlo, adoptar sus camisas de rayas fuertes con cuello y puños blancos, la elaboración de su peinado ni su cuidado bigote. Cada cual tiene su estilo propio, personal, y lo mío es lo sobrio, lo varonil, la gama de los oscuros. Sólo tengo patente que, cuando lo vi entrar en el Smart con ese cacho de hembra, algo se me retorció en las tripas si bien todavía no pesco el motivo o causa, si será la soledad sumada a alguna otra cosa que no barrunto. No es imposible que de algún modo los necesitara cautivos y decidí echar mano a mi poder —que no es tanto como le hago creer al pibe— para mantenerlos congelados, bajo control, hasta que se me despeje el bocho y vea claro. No sé. La verdad de la milanesa es que el pibe no jode gran cosa con sus delirios sindicalistas y que lo de la lista me lo inventé, aunque yo tengo mis socios entre la pesada y no resultaría difícil hacer que me lo apuntaran porque me deben favores. No sé. Por ahora, lo único que tengo algo claro es lo que ya creo haber rumiado: podría ser que le hubiera estado envidiando, todo el tiempo y sin saberlo, su modo de empilchar ostentóreo, su natural elegancia, sus corbatas de seda italiana y que, descubrir la exageración de mina que portaba, me sonara como un bofetón de alarde o desprecio. Pero ésa, para mí, no es razón suficiente porque podré sentir envidia de su corbata, es un decir, pero no de esa hembra en particular. Aunque, en el fondo, ese minón de película además me suena de algo y no consigo ficharla.

Si este jugar a los rehenes, manipularlos, me gratifica, por otro lado me exige un sacrificio porque la Gloria es difícil de bancar igual que todas las tipas que la van de modernas, varoneras de vientre infecundo, autómatas del vicio. ¿Qué mierda tiene que hacer una mujer decente fuera de su casa y entre machos? Por eso a ella la meto en la misma bolsa y también la obligo a venir: si le gusta este dulce, que se lo zampe en cantidades industriales a ver si se empacha y se le van esos humos de hembra liberada. En fin, si a algunos tipos habría que engayolarlos por portación de cara, a otros por portación irresponsable de explosivos o sea de minas que incurren en abuso de espectáculo público y desorden municipal.

«¿Yeti? ¿Lo llaman El Yeti, Raúl? Pues entonces son unos hipócritas que se andan con paños tibios. Para mí... si fuera por mí, lo llamaría directamente Abominable y se lo diría en la cara. A-bo-mi-na-ble-de-mier-da, así como suena y con todas las letras una detrás de la otra». Eso fue lo que le dije, pero él quería convencerme de que la cosa no era para tanto, que convenía llevarse bien con el Yeti porque era muy influyente y, en el fondo, buena gente. Pero yo sentí que mentía y estaba asustado, que Raúl no podía hacer amistad con alguien tan viscoso, con esa facha blanducha, babosienta y eunucoide que me revuelve el estómago y, menos todavía, así de sopetón, de la noche a la mañana. «Ni que fuera amor a primera vista», le dije, y se puso hecho un basilisco. ¿Qué le voy a hacer? Supongo que, en eso de elegir las amistades, cada uno es libre de hacer lo que le plazca aunque, eso sí, Raúl no tiene derecho a imponerme la presencia de esa cosa fofa con su grasiento pelo lacio y su sospechosa, rala sonrisa de dientes de leche.

Me quedé de una pieza aquella primera noche en que sonó el teléfono y eran más de las diez y era el Abominable para invitarnos a comer, yo incluida en el mismo paquete. Invitarme a mí, si el cretino ni me conocía. Pero lo que me dejó realmente pasmada fue que Raúl dijera que sí y colgara sin consultarme como si yo fuera de palo. Deliberadamente exageré la nota, le chillé que yo no era un objeto y que si él tenía manija para ser llevado de un lado a otro, pues yo no y tan contenta y sin complejos. Pero cuando Raúl me contestó que sí, que por lo visto yo tenía complejos, particularmente el de castración o envidia del pene, me entró tal risa que no tuve más remedio que rendirme, aceptar, arreglarme y vestirme como ofrenda al monster. Desde ese momento me hubiera gustado poder saludar al monster en albanés, decirle con la boca lo que no dejo de hacer con la mirada cada vez que mis ojos chocan con los suyos, tan huidizos y repugnantes como dos ratas pulguientas rezumando peste. Pero lo peor de lo peor, lo más postrante, es la sensación de que tras él se oculta algún designio siniestro. Me provoca el mismo tipo de desconcierto, un vahído fugaz de irrealidad encubierta que siempre me asalta cuando desemboco, por fatalidad, ante esa calle curva que se desgaja de la avenida y sólo tiene nones. La evito porque la siento como si fuera una entrada falsa y sin fondo capaz de precipitarme hacia un mundo desagradable y desconocido. Es, para mí al menos, un espejismo, un paraje sin principio ni fin que no va ni lleva a ninguna parte. Ante el Abominable se agrega la sensación de tenerlo visto de algún sitio, como si él lo supiera y yo no, y llego a palpar la existencia de una familiaridad incierta y fantasmal que —aun con ser muy lejana y confusa— me ensucia de una complicidad no querida, de la que no me sentiré limpia hasta que borre o ubique a ese personaje en mi memoria, lo pinche a un corcho con un alfiler y pueda catalogarlo como lo que es —una sabandija gregoriana, un escarabajo pelotero— o descubra, con alivio y desinterés, que esa sensación pegajosa sólo obedece a un falso recuerdo.

En apariencia, habían regresado los tiempos de Gloria acercándose hacia él a través de la plaza, las noches de Sportman y martinis, de lecturas y prolongado regocijo. Sin embargo el teléfono se había convertido en un negro cangrejo latente, siempre listo y siempre alerta para atrapar entre sus pinzas la cabeza de un Raúl entredormido y ordenarle, con la voz del Yeti, reiteradas incursiones hacia la noche. Claro está que intentaron dejarlo descolgado y fue peor. El Abominable no tardó en trepar las escaleras, incrustar un dedo en el ombligo del timbre. «Lindo nidito, Raúl. Lindo, lindo; lindo, de verdad. Dios quiera que puedan gozarlo durante muchos años con salud. Pero, Raúl, no con truquitos baratos ni trampitas infantiles. Atentan contra la libertad de expresión y ofenden mi inteligencia. Qué embromar, ¿somos amigos o no somos amigos?», se carcajeó, los hizo vestir y salir al frío y las tinieblas.

Desde entonces, ya no fueron sólo salidas para reventar la noche. Ahora, también los domingos se habían vuelto temibles porque podían encerrar invitaciones al fútbol aunque, por lo general, eran hechas con anterioridad para evitar excusas del tipo «fuimos a una raviolada que hizo mi vieja».

—Las madres son sagradas, son santas —había dicho el Yeti tras el primer pretexto—. Eso, al que me lo discuta, le rompo la cara. Pero un gremialista no debe perder el contacto con las masas, vibrar junto a ellas en las tribunas. A mover el culo, pibe, andando que es gerundio. Todavía te faltan mucha cancha y estaño como para soñar con sobrarme.

De modo que el intruso había tomado el control de la situación, invadido la intimidad, perturbado el disfrute del amor, aguado los martinis. En suma, Gloria y Raúl, de hecho rehenes en libertad vigilada, se vieron impregnados de cautela y clandestinidad incluso al ejecutar el más íntimo de los gestos.

Les saltaron al cuello madrugadas turbulentas que crecieron de la queja al reproche, de la bronca a la trifulca. Cuando Gloria fue enterada o comprendió que la red en la que estaban atrapados integraba el aparato de los caballeros teutónicos de pelo corto y bigotes frecuentes, cambió la pataleta por la paranoia, por un miedo sensato y justificado. Desde entonces permaneció muda y paralítica en las citas nocturnas con el intruso.

Tenía que suceder y fue en una de esas noches. El gordo Padilla los había citado en el Bar Pigalle, un lugar de silencio tenebroso que pareció alentar sus desplantes de matón compungido. No bien llegar notaron que el rostro del intruso, sudado, ceroso y estático como huevo para ensalada, ya indicaba que el whisky antes que salírsele por la boca pugnaba por cataratear desde las orejas. La mirada perdida hacia dentro, el Yeti masticaba en vacío, los maseteros palpitantes bajo sus patillas, pobre recurso de actor barato. Gloria y Raúl pidieron la misma bebida —era tabú compartir martinis en presencia del Yeti— y permanecieron mudos hasta comprobar por dónde venían los tiros.

—Ah, ¿así que ya llegaron, que están aquí?
—fingió levantarse y gesticuló, torpe, blandos ademanes pretendidamente caballerosos—.
Recién lo noto o los veo: dos lechuzas en la rama, como muy instalados y al mismo tiempo con ganas de levantar vuelo. Me da risa, culos medrosos y de mal asiento. Pero a joderse. Paciencia, despacito y por las piedras porque yo estoy más jodido por una jodida mujer y, si me mamo, no es para olvidar.

»¿Me siguen? Pero no creerse que ella se va a salir con la suya. No, claro que no. Porque Orlando Padilla, que soy yo, mando y ordeno: hoy es un día célebre que debemos celebrar todo el mundo y que le den para tabaco a la Nora. Digo más: de las mujeres mejor no hay que hablar y yo me las paso por los cataplines a ellas y a sus problemas. Con perdón de la señora».

Se irguió de un salto y su silla cayó con estruendo. Sacudió violentamente con las puntas de sus dedos flojos los alrededores de la bragueta donde se había desprendido la brasa de su cigarrillo. Mientras levantaba la silla, gritó: «Mozo, otra copa». Volvió a sentarse y parecía algo despejado.

—Yo sé que me comprenderás, pibe. Vas a comprenderme porque tenés que hacerlo y basta, porque es tu obligación de amigo y lo que yo digo es ley. Ya conocés parte de la his-

toria, querido. Te la cuento igual, refresco tu
trémula memoria: ¿No voy como un gil y me
caso con la Nora contra la voluntad de mi santa madre? Llevo al altar a esa arrastrada, y ¿cómo me paga? Con la más vil de las traiciones.
Sabés poco y nada de lo que es la vida, pichón.
Todavía no pasaste por este trance, pero con
las mujeres nunca se sabe. No son de fiar.

Tragó medio vaso de su nuevo whis-
ky, bizqueó, carraspeó, se enjugó la boca con el
dorso de la mano y volvió a perder la mirada,
ahora por los rincones invisibles del local. Después dijo:

—No son de fiar, no son de fiar. Esto,
metételo en la cabeza y no te cobro nada por el
consejo. ¿Y cómo te crees que me paga la muy...
la muy? Te lo digo igual y te respondo a tu silenciosa pregunta porque para eso están los
amigos. ¿O no? ¿O acaso no es verdad? A ver,
contestame. Bah, mejor no digás nada. Y ahí
va lo que no sabés: que la Nora va y me deja y
se deja ¿por quién? por un reverendo maricón
director de la DGI y de cuyo nombre, de cuyo
nombre... Pues, eso, ni más ni menos. Fijate
vos. Formate una idea o composición de lugar.
Es que esa mina, lo que quiere es tenerme ata-
do de pies y manos, la muy... eso... ah, sí, la
muy suripanta. ¿Te gusta la palabra? Su-ri-
pan-ta. ¿No te parece que suena bien? Suena

a fino, muy fino, no me lo vas a negar. Lo que yo quiero es mantener la dignidad y este asunto hay que manejarlo con guantes blancos porque está metido hasta el Papa. Ojo, que también hablo en fino por respeto a la dama aquí presente. Prometo, doña Gloria, prometo y juro que, de aquí en adelante, suripanta y sólo suripanta. Nada capaz de ofender.

»Pero, bueno, sigo de una vez. Decía que, no contenta con abandonar a este varón y dejarlo como si fuera un cornudo ante la oficialidad y la plana mayor, ahora pretende... Abran bien las orejas para lo que pretende esta otra señora. ¿Que qué es lo que quiere o pretende? Poquita cosa, casi nada, macho. Ni más ni menos que ese llamado Tribunal de la Rota anule nuestro casorio. Haceme el favor. Qué cosa más loca. Si nadie en el mundo cristiano puede estar mas rota que la Nora. No sé si reír o llorar, la verdad.

»¿Motivo o causa que aduce la citada señora en fojas uno?, se preguntarán ustedes ambos a dos con asombro o simple expectativa. Casi nada, nada menos que el non consumato o cómo se diga eso y que es lo que viene a alegar la suripanta. Me acordé ¿vio, doña? Usted se lo merece. Flor de puta, la Nora, digo. Ahora bien, veamos: si la Nora me pone entre la espada y la pared, tendré que defenderme, que contraatacar. Por más que la quiera todavía, no tengo más remedio. Y, por mi madre, por mi santa madre, que le voy a dar un sosegate, un alegro ma non tropo de campeonato. Es fácil, facilísimo, ustedes dos me salen de testigos, la denuncio por abandono del hogar y tururú canadiense».

—¡Hijo de puta! —estalló Gloria—. Ya sabía que te conocía de alguna parte. Sos el gran masturbador y ahora lo tengo todo muy claro.

El odio y la sorpresa pasmaron al Abominable. Intentó ponerse en pie, pero se desplomó en la silla. Apoplético, jadeaba y no le salían las palabras. Gloria y Raúl iniciaron una veloz retirada.

A raíz de ese incidente ella ya no surgió, como cada tarde, de la abusiva sombra de los gomeros y se clausuró la ceremonia con martinis resecos en el Sportman. Raúl pidió vacaciones anticipadas en el periódico y un amigo les prestó su casa en una playa desierta.

Todavía no se había inaugurado la temporada y el tiempo, como si lo supiera, era áspero y ventoso. Sólo por las mañanas el bote de un pescador solitario, la bandada de gavio-

tas angurrientas·y un trío de perros desgreña-
dos alborotaban el paisaje.

Gloria se había bloqueado: ninguna explicación, ningún motivo para su reacción en
el Pigalle.

Recién cuando cierta noche Raúl fracasó
en su intento de emular los martinis perfectos
del barman de la capital —proporción y tiempo
exactos del contacto entre hielo y alcohol, el
toque preciso de cáscara de limón estrujada—,
Gloria pareció reaccionar a pesar o por efecto de
esa fórmula irrepetible de la extraña bebida.

Estaban tumbados fuera de la casa sobre lonas y toallas. Desde la ventana apenas si
les llegaba una luz sosegada, las olas oleaban y
las estrellas abusivas, en plena madurez, podían
caer de un momento a otro. Era la ilusión de
estar en un fin del mundo particular.

Y Gloria rompió el silencio.

—Abundan las frases ingeniosas sobre
la preparación del martini —dijo—, pero la menos original o la más cursi es la que inventó o
robó Margarita, una antigua amiga no recuerdo si chilena o peruana. «Yin con Yin», decía y
repetía riendo, arrastrando y haciendo raspar
la ye entre los dientes.

—Sí, pero éste no me salió siquiera *yyyin
con yyyin*, sino gin con vaya a saber qué mojo
extraño.

—Se deja tomar. Está áspero y aguado al mismo tiempo y, eso, no cualquiera lo consigue.

Rieron y, fracasado o no, fueron bebiendo pausadamente todo el contenido del cacharro lleno de presunto martini. Entonces Gloria vio en los ojos de Raúl el tenue brillo que permitía adivinar la penumbra, le dibujó una caricia en torno al flanco luminoso de su cabeza y preguntó:

—¿Alguna vez podrás perdonarme?

—Basta ya de masoquearte. No hacen falta explicaciones. Desde que todo esto empezó, estamos en el mismo bote.

—¿Y si yo quiero?

—Si de verdad es así, adelante con los faroles. Hablar puede ayudarte, hacerte bien. Además, todavía no entiendo lo que pasó y me gustaría saberlo.

Ella bebió un sorbo de falso martini, aclaró «penúltimo trago» y dijo «sí, quiero». Tras vacilar por un instante, agregó:

—He aquí la triste historia del gran masturbador. Érase una vez un esperpento que estaba en lo más profundo de mi memoria. Muerto y enterrado y en paz. Pero esa noche en el Pigalle se levantó la piedra y debajo apareció el verdadero rostro del monster, de ese gusano despreciable. Ahora ya no me eriza el recuerdo y, repito, sé que te debo esta explicación. Ahora sé que lo había asumido mal, como una culpa, y hasta puedo ponerle humor a la cosa.

»Con mi novio de la adolescencia íbamos por la nochecita a la plaza del barrio para hablar en braille. Cierto día abundaron rumores sobre una presencia siniestra. Nadie se los creía, salvo las madres de todo el vecindario que dieron la voz de alerta, intentaron imponer prohibiciones. No les hicimos caso, pero nos inventamos coartadas. Cada chica pasaba las primeras horas de las noches de verano en casa de cualquiera de las demás chicas y las demás chicas en casa de cualquiera de las primeras chicas. Era así como se funcionaba entonces».

Gloria bebió otro de los múltiples penúltimos tragos y continuó:

—El rumor fue creciendo y el *club de madres de hijas virtuosas*, que es siempre espontáneo y nunca falta, empezó a inventar violaciones, lo que forzó la formación de un tácito *club de padres en defensa del himen de las niñas*. Ninguno de ellos creía ni quería creer que su propia hija no estuviera donde había dicho estar. Iban en ayuda de los demás, pobres padres infelices y sin autoridad.

»De modo que formaron un par de piquetes para la caza del monstruo que la mitología ciudadana —o alguien que había entre-

visto algo o sabía demasiado— había bautiza-
do como el Hombre Pasto. Pasaron noches in-
fructuosas, pero la perseverancia paterna fue
premiada.

»Aquella era una plaza que había sido
casco de estancia. Poco iluminada y con zonas
tenebrosas debido a la rotura deliberada de ciertos faroles. Muy bien: quiso la fatalidad que el
intruso fuera descubierto casi pegado al banco
donde mi novio y yo estábamos en pleno parlo-
teo táctil. Dieron el alto al Hombre Pasto y lo
enfocaron con potentes linternas. Reptaba sobre el césped y toda la ropa que llevaba puesta
era verde. Le dieron de patadas y algunos, ar-
mados con palos, se ensañaron. Lo único que
atinó a decir el pobre infeliz, cuyo delito o vicio
sólo consistía en espiar, fue «tururú canadiense,
tururú canadiense», un tururú interminable
mientras se retorcía bajo los golpes. Por eso, por
esas absurdas, compulsivas palabras que son como un tic, supe de pronto quién era el Yeti o
quién había sido y el desprecio aventó el terror.
No pude controlarme. Siento mucho no haber
podido hacerlo aquella noche en el Pigalle. De
verdad que lo lamento, Raúl».

Semanas después, noticias de amigos
de la capital afirmaron que ya había pasado el
chaparrón, pero Raúl no se confió hasta que
habló desde el pueblo con José, su segundo en

el comité de empresa, y éste le dio la gran noticia:

—El Yeti dejó el diario y ahora trabaja en exclusiva para la DGI. Ahí prácticamente sólo tiene que ir para cobrar a fin de mes. Ventajas de tener una ex esposa amante de un capo.

—¿Te parece que podré volver tranquilo?

—Yo diría que sí, pero esa decisión es toda tuya. No sé si me entendés.

—Sí. Lo tengo muy claro.

Fue así que regresaron, eligieron creer que nada había sucedido y se esforzaron por revivir los prodigios del tiempo perdido cuando Gloria emergía triunfante de la sombra abusiva de los gomeros, cuando los martinis sabían a gloria y los enanos gigantes apenas si eran personajes de cuentos de hadas.

Por ese entonces se comenzó a murmurar que el régimen iba a caer por su propio peso; otros proclamaban que perduraría cien años, mientras que cada uno hacía lo que podía. O no. Más bien, no.

Entre la esperanza y la desesperanza, comenzaron a transcurrir días de plomo que se precipitaban uno tras otro, como las líneas de una linotipo, forzando a que la historia se leyera gris y del revés, a que la nostalgia sustrajera el porvenir.

Y ocurrió que, en mitad de una noche, vino a sobresaltarlos un crispante frenazo; metros de neumáticos impresos sobre los adoquines. De inmediato, breves órdenes sonaron en el vacío. Hubo golpear de portezuelas; sonar de botas y metales bajo las ventanas y ya, sin que pasara un instante, la puerta se astilló, se vino abajo. Insultos, culatazos, patadas. Esposas, capuchas y afuera, hacia los automóviles sin tener noción del suelo bajo los pies. Eficiencia probada.

«Rajemos ya», sonó una voz. «Tranquilo que hay mensaje», resonó otra. Gloria y Raúl, a pesar de las capuchas que cubrían sus cabezas, notaron que bajaban el vidrio, que alguien introducía su boca jadeante por la ventanilla.

Tras un breve silencio una tercera voz, ahora familiar, susurró con extremada dulzura: «Tururú canadiense» y hubo dos golpes sobre el techo del automóvil.

Siempre se puede ganar nunca

Para J. V. con respeto y agradecimiento
«Triste, célebre y, al
mismo tiempo, doloroso»
ANCIANO ANÓNIMO

Se encontró, reo de nada y atrapado junto a convictos del peor pelaje. Fue mantenido sin explicaciones en un recinto fragante a orinadas, excrementos, sangre, fermentaciones varias. Todo llega y lo atrapó el momento en que fue empujado sin mediar palabra a un portalón que se abrió y entonces supo que estaba metido en muy jodido brete. Lo golpeó un griterío de carne de gallina y, no obstante, creyó la libertad ya muy cercana. En cambio dura luz y cuatro uniformados lo rodearon gritando. Le echaron en cara: *rojo, rojo* y más *rojo*. No «rojillo de mierda». Rojo a secas.

El más alto entre ellos, apestante a caballo y pata sucia, le lanzó otras pullas más hirientes, carámbanos de hielo a sus espaldas. Él embistió y se cayó de culo. Error profundo. En el acto hubieran podido rematarlo. Se salvó sólo porque se divertían. Por consiguiente, volvieron a rodearlo y lo acosaron. Otra vez *rojo, rojo, rojo* y más que rojo.

Derribando paredes para tapar lamentos un estruendo atronó con afán de ser música. Las ondas expansivas de una banda comprimieron el aire que vibró abofeteando orejas, eso que los verdugos denominan «teléfono».

Incomprensiblemente alguien se le acercó con temor y sigilo, lo picaneó y huyó despavorido. Sucedió varias veces, sin embargo.

Al amparo de estas agresiones uno de ellos, el rubio cara de ángel, se cortó solo en el papel de policía bueno. Pareció que se iba a dar por satisfecho con posturas flamencas, saltitos, derechazos, payasadas sangrientas, el incesante engaño, el elogioso insulto de *rojo, rojo* y más *rojo*. Policroma estatuilla en quietud obsesiva tan siempretiesa como pata l'ante.

Por fin se le acercó —girador o girante, torpemente bailante en ocasiones— con pésima intención, como la trucha. Procuraba irritar, humillar a la víctima, y que mordiera finalmente el polvo. Inventó retos y provocaciones: pasitos de aplastar hormigas, giros a lo pito catalán, nuevos derechazos, cóctel de suavidad de seda y casquería, más mucho *rojo* y *rojo* echado en cara para alejarse raudo, escopeteado, fingiendo indiferencia, con pasos de otro tipo: ahora pisando huevos, correteando inseguro aunque absurdo parezca. Vuelta a ponerse cursi, atanagrado —turgentes, muy ufanos, pecho y culo—, glorioso como de haber tomado Constantinopla apenas reciencito.

El rubio no interroga a su contrario, elude sus amagos de respuesta. Sólo busca extenuarlo, dejarlo p'al arrastre, sometido.

Una estocada de silencio rasga el aire, turbulenta bandada de gorriones, esperanzado alivio. Tal vez suponga un cambio: que dejen de incordiar a su cautivo, lo arrojen a la calle.

No ocurre nada de eso.

El rubio, harto de fingir suertes, entra a matar dos veces pero el acero se le queda doblado.

El otro, tieso, tiembla.

Pasa nada.

Desencajado, como si fuera él la víctima impotente, el rubio recurre al verduguillo. Torpe, recién al cuarto intento descabella.

Bronca, mucha bronca.

Lluvia de almohadillas sobre la arena sucia.

Das Kapital

Para Andrés Rivera

«Su noveno atributo, la eternidad —es
decir, el conocimiento inmediato— de
todas las cosas que serán, que son
y que han sido en el universo.»
JORGE LUIS BORGES
La muerte y la brújula

Allá en lo alto, a ras de suelo, ese hombre cojeaba y renguea, renqueará y cojea, avanzará al acaso cojitranqueando con dos piernas asombrosamente sanas y fuertes para su aún no provecta vejentud. Iría por la cuneta de la carretera —una media caña de cemento, cada pie sobre uno de los cuernos de la sinuosa, interminable y abierta U— pinineando como un bebé que se ha desgraciado en demasía dentro de sus pañales.

Ese hombre se habría encontrado estúpida, inesperadamente preso en la red de mariposas, nudos, tréboles o variantes de las autopistas que pronto rodearán la ciudad. El sol bombardea desde todos los flancos. Reveló y velará caprichoso, incesante, los detalles del pobre paisaje donde el buey solitario mira con sus ojos de barco (según escribirá o dijo alguien allá abajo) y rumió desde su eterno presente el fluir del tiempo que, a su vez, lo digiere en despaciosa ruminación. Ignoraron allá arriba y a la derecha que el tiempo es simultáneo y se empeñarán en dividirlo en rígidos días, años, semanas, meses, horas, pretenciosos siglos, pese a que para ellos fue y será por siempre elástico. A ese hombre lo que ellos llamarían *minuto* hubo de figurársele eterno. Un relámpago de eternidad —que desde aquí pude contemplar— infestado de autos, camiones, motocicletas furiosas, que pasarán, pasaron, pasan disparados junto al perfil de ese hombre y tan inmediatos como para afeitarlo a ras. Ver cómo su perfil aguileño y mofletudo será abofeteado por estelas de aire compacto. Cinco o diez kilómetros después de haberlo superado, algunos tripulantes habrán de preguntarse qué hará un hombre privado de mono azul anadeando junto a la carretera. Sacudieron lentamente la cabeza para olvidarlo de inmediato, regresar a lo suyo.

Basta mirar para saber que ese hombre, de momento rubio y ojos claros, compartió ascensor con un aborigen de las West Indies y caerá en error al indagarle sobre el mejor salir del complicado edificio del Instituto, acerca del sitio indicado para encontrar un taxi. «Por allí», habrá de señalar el indio poseído de fatalismo histórico. La misma indicación que muy pronto aceptará Pizarro para fundar Ciudad de los Reyes bajo un cielo gris y que se orina.

Hará demasiado tiempo, un relámpago siempre lo es según ellos, que ese hombre trabajaba para el Instituto pero —durante una enfermedad, apenas siete días en el hospital— el Instituto se trasladará a extramuros por eso de la crisis, tropezones propios de allá abajo a la derecha, y no me preocupo todavía por saber quién fue, en un futuro lejano, el grandísimo... plagiario (Ego aparte de mí la blasfemia), aquel que osara afirmar que el hombre es el único animal que tropieza dos veces con la misma piedra. Una verdad que lleva mi marca de fábrica y nada impedirá que deje de ser una fuente no desdeñable de diversión y esparcimiento durante mi inconmensurable tiempo libre.

Ese hombre era la primera vez que acudirá al nuevo local con la intención de reincorporarse a su puesto de redactor en el boletín.

De modo que sale, lo habré visto salir por una puerta lateral y para él desconocida que dará a un barranco enjardinado, zigzagueado por una escalera de cemento. A sus pies zumbarían los automóviles en la mañana de verano. Descenderá confiado y fue hacia la derecha, pisotea primero las amapolas silvestres, luego habrá iniciado su bamboleo sin fin a lo largo de la cuneta. Pronto conjetura: «Los taxis estarán después de esa curva»; y doscientos metros más adelante: «Seguro que pasan por aquel cruce». Habrá bifurcaciones, desvíos, ramales, empalmes, mariposas pero no cruces, malditas sean, y no tardará en haber sospechado, jugar con la idea, jugar a creer que se desplazó, interminablemente bajo el sol, por una cinta de Möbius.

Los primeros kilómetros habrán de ser agradables —hice un día perfecto allá abajo, incluso para el pez banana— y el juego funciona y divierte hasta que el hombre pensará en inquietarse. Nuevas carreteras habrían de derivar sucesivamente de autovías posteriores y un sol pregalileísta, que parece ignorar olímpicamente tardías rehabilitaciones de nuestro pretenso pontífice, detto il Sommo, también, éste, sujeto del fondo y de allá abajo y que, por aquel entonces, es, será o habrá de haber sido un polaco trilateral besuqueador amante del cemento, un tipo casi tan polaco como el hombre que oscila por las autopistas. Era un sol caprichoso el que gira en torno a la cabeza de ese hombre. Tan pronto castiga de frente como de perfil o le cacheteaba la nuca. Es cierto que me bastaría con pensar *fugues, mueras, hagas, vayas, gires, apagues, revientes* o *explotes* para que así haya o será sido con cualquier sol, bichejo o cosa, pero Ego nada tener ni tendré que ver con eso. Ni tuve. (Véase *no intervención, Principio de,* una de mis modestas creaciones o aportes.) Aquello no pasaba de un simple trampantojo o trompe-l'oeil producto de los sucesivos cambios de rumbo y camino que lo conducirán en todas las escasas, limitadas dimensiones de ese absurdo y presuntuoso planeta.

Ese hombre ubicado a mi diestra y allá arriba, vislumbró la salvación cuando un ómnibus, guagua, bus, góndola, camión o colectivo —compruebo y hago constar que aquello de allá abajo funcionará como una Babel, según dispuse o dispondré si lo considero necesario y oportuno—, uno cualquiera de esos artefactos rellenos y rodantes, según dije o diré, le llenó la cara de humo y se hundió en el horizonte. Creerá que ése habrá sido el medio ideal para escapar de aquella trampa de autopistas. Mucho espacio después renunció a toda esperanza y comienza a recordar.

Ese hombre afirma que «hay que gritar, aun cuando nadie te escuche» y pronto lo habré hecho zumbar —perche mi piace— «¡Maldito dinero! ¡Capitalistas miserables, hijos de miles putas!» Y reflexionó: «Bueno, las pobres putas nada tienen que ver con esto y, además, hijo de puta no es una valoración política». Habrá de maldecir sin haber dejado por eso de bambolearse como un pingüino colérico, perdido en la neta maraña de carreteras. Es inevitable que piense y actúe de tal modo. Su padre se salvaría de un pogrom, porque Ego y la madre que lo parió en Proskurov así lo querremos, y no tardó en cometer apostasía a los doce-años-doce de un modo espectacular y admirable cuando, para mi infinito regocijo —dado que, obviamente, soy ateo viejo gracias a Mí— se dedicó a comer tocino a la salida de una sinagoga. Se precisa tener cojones, como dicen allá abajo y a la izquierda.

Regocijo no en lo que me atañe, tales boberías me la traen pendulona, sino ante el escandaloso escándalo de los sectarios de siempre, de los paranoicos temerosos, cazadores cazados por su propia invención: la de un dios perseguidor, vengativo, castrador, austero, asesino, un dios de mierda, miserable a imagen y semejanza del hombre, humano, o sea. Aquellos que tiemblan bajo el poder y ante la vida misma. En suma, eso que llaman la grey —vale decir sujetos gregarios miembros de multitud de clubes, grupos unidos por intereses económicos, de rapiña y conquista tales como iglesias, partidos, sectas o cofradías—, peligrosos gilipolluelos que acatan la letra y no el espíritu de todo aquello que les sea permitido hozar.

Semejante heroicidad de su padre —incluso la de su abuela el día en que enfrentará y engañó a cosacos borrachos, oscuros asesinos, largas sombras galopantes sobre la nieve— ese hombre la lleva codificada en los genes que, dicho sea de paso y modestamente, figuran entre mis más inspiradas creaciones.

Ahora, debido al espíritu de venganza también ancestral de aquel indio pueril, ese hombre no deja de pininear y sudó y decidirá no tomárselo a la tremenda, gozar del estrecho paisaje sin árboles ni horizontes. Siéntese atrapado porque emprender el camino del retorno no le ofreció esperanza alguna. Su avance sin rumbo —que, contra su voluntad, no cesa ni promete un fin en términos de tiempo ni de espacio— hace que se cumpla en él la profecía de Isaías cuando le haré decir: «viendo veréis y no miraréis»: lleva los ojos bien abiertos pero, como el mismo y mencionado buey, un buey reiterado desde más allá de los tiempos de Apis —una más entre multitud de imposturas inventadas allá abajo por la persistente incompetencia de siempre—, no alcanzará a comprender qué hubo de ocurrirle; sólo percibe el deslumbramiento de una cinta interminablemente blanquecina y a su izquierda, que pasa y se repite o simula ser siempre la misma. En verdad os digo que comienza a creer que jamás pudo salir de ese laberinto pergeñado por generaciones de ingenieros de caminos sin ninguna consideración hacia los bípedos de su propia especie. Es que, del culo para abajo, unos humanos tienen dos piernas y otros cuatro ruedas o, cuando sean milicos, cosacos o sujetos represores por el estilo, cuatro patas. Ésta será una de las realidades que determinan su estrecha concepción de ese mundo insignificante, casi olvidado por mi mano y al borde de la nada. Creo que decidiré no inventar la rueda.

Nuestro hombre pertenecerá al grupo de aquellos que se levantan y andan. Siempre que muy pálidamente intentó imitarme, creará personajes que raras veces cabalguen o rueden. Crear es, para esa especie, proyectarse en papeles y lienzos, sonidos y volúmenes, aromas y artefactos, imágenes y texturas y monstruos. A menudo ingeniosos y en ocasiones geniales espejos deformantes, aunque de corta ilusión y engaño. Algunos acarician la belleza, ninguno la perfección. Ellos lo sabrán pero no dejaron de perseguir a ese pajarraco, intentar ponerle sal en la cola. En el fondo algunos elegidos supieron desde siempre que en cualquier terreno la revolución será un sueño eterno, que todo fue ilusión incluso el poder, que no nace del fusil, pero porfiarán, porfiaron sin cesar ni esperanza hasta que se extinguió su efímera existencia sobre ese planeta de segunda mano.

Advierto que sobreactúo y quisiera un imposible: poder excusarme ante alguien.

Pero, bueno, ese hombre ya comenzará a digerir palabras. Furia es sentida por él. Estuvo deprimido porque lo acabarán por despedir de su empleo, pero lo peor para él son aquellos sonidos de pretendida valoración y consuelo que emitirá el cagatintas: «Amigo, usted es un redactor estrella. A mí, personalmente, me da envidia su maravillosa capacidad en el manejo del idioma. Pese a esto y contra nuestra voluntad, nos vemos obligados a prescindir de sus servicios, dolorosa medida, pero lo tendremos muy en cuenta en un futuro porque no podemos permitirnos el lujo de desperdiciar, de vernos privados durante mucho tiempo de un capital tan valioso como usted».

La teoría se confirmaba en su persona; por enésima vez acaba de experimentar que, para los patrones, apenas si será un $ a la derecha, pero no dramatiza. Sin embargo, tras otro centenar de toesas de marcha, se ve atrapado en la más odiosa de las ratoneras: una alegoría. Detesta, despreció, aborrecerá las alegorías, abominó y escupirá sobre ellas y pronto lo hice gritar hacia el sol, el cielo, los taludes salpicados de amapolas silvestres, la implacable cinta de cemento, hacia la nada y cualquier parte: «¡Un capital! ¡Podré ser para ellos sólo un capital con patas, pero también tengo los cojones bien puestos!».

Pero los tales cojones, tengo entendido, no dan de comer a los trabajadores dado que rara vez tienen oportunidad de caer en tentación de braguetazo.

A medida que avanza alejándose —retrocedió, girará en círculo—, nuestro hombre comenzó a evidenciar claros síntomas de un mal tan insólito, incluso para Ego, como lo es la claustroágorafobia, extraña palabra que podría sonar como si fuera húngara. Se siente enclaustrado a cielo abierto, atrapado y sin horizontes en la intrincada red de cemento, abrumado bajo ese sol, quieta araña maliciosa. A un tiempo, lo insólito de la situación lo fascinaba de un modo perverso.

Admito que él es duro, pero para esa experiencia no encuentra respuesta ni salida. Pero ahí, tras un recodo, una pequeña tropa de monos azules se afanará junto a la banquina. Va hacia ellos, encaró al que tendrá menos cara de jefe y, al borde del colapso, se explicó, pediría socorro. El mono azul se aleja, cambia unas palabras con el capataz, que mirará de soslayo, subió y baja su gran cabeza carente de entusiasmo. Ese hombre, ese náufrago, trepa al jeep, se abandona y no dirá palabra. Percibe, a medida que la creciente urbanización humanizó el inhóspito paisaje, lo alejado que llegó a estar del margen de su mundo cotidiano. En el borde de la ciudad obliga al solidario mono azul la aceptación de un billete de los grandes con el argumento de que es «para una cerveza con los compañeros».

Ese hombre, que pronto regresó al mundo de los vivos, habría entrado a un bar, pedirá un trago y lo empinó. Recibirá un latigazo de lucidez en plena frente, un calor agradable en el pecho. Ha mirado hacia la calle donde un personaje barbudo y charlatán —amplia muñequera de cuero, lata con agitadas monedas en una mano y gran botella de cerveza en la diestra— perorará imparable ante un grupo de chicos risueños junto a la cola para el pan.

Nuestro hombre salió o habrá salido, se detendría a la puerta del bar. El barbián de la barba barbotea:

—Si gana la derecha, me voy a Yugoslavia.

Ese hombre, que habrá de ser un capital con patas y acabó de regresar del mar muerto surcado por olas de cemento, hubo sacado un puñado de monedas del bolsillo, se habría acercado al charlatán de la muñequera mugrienta y, al echarlas dentro de la lata, bromeará en voz baja:

—Por la revolución —y se alejaría lento, sonriente e inseguro, marinero al final de un largo viaje.

Un tanto acojonado, el barbián barbudo habrá de exclamar a sus espaldas:

—No, colega, que tampoco es eso.

Profumo di uomo o El suicidio
casi perfecto del doctor Gestankhausen

La entrada de Otto Gestankhausen en aquella fiesta habría sido calificada de irrupción por cualquier observador avisado. Mas el brillo fanático de su mirada y un cierto ímpetu contenido —aunque evidente en sus breves y entrecruzados pasos de obeso— pasaron inadvertidos. Herr Gestankhausen, especialista en aceites fijadores sintéticos, era considerado un genio de la química perfumera y pertenecía á ese tipo de gordos sonrosados y movedizos cuya oculta agresividad y tensa piel generan una vibración semejante á un ruido sordo, empecinado y untuoso —equiparable á un aberrante frufrú—, aun en el caso harto improbable de hallarse desnudos y flotando en el espacio.

No obstante, para un grupo de invitados —posados ó revoloteantes en el sector que Frau Schmidt, la dueña de casa, se empeñaba en denominar «veranda»— se puso muy pronto de manifiesto el escaso tacto de nuestro eximio químico en materia de conversación. El hecho fué que Gestankhausen, no satisfecho con sostener ante un ocasional corrillo la peregrina idea de que «el perfume es una promesa mercenaria y quien la esparce debe estar muy seguro de poder cumplirla» y mostrándose más que dispuesto á proseguir con su perorata, oyó flotar sobre el grupo un tema que, llegado desde el otro extremo del salón, no podía haber sido más nefasto é inoportuno: el suicidio. Nuestro hombre lo atrapó al vuelo entre sus colmillos y aferróse á él durante el resto de la velada ofrecida para presentar á Herr Vermuten, su nuevo ayudante de laboratorio.

La probada originalidad de Gestankhausen en el vasto y complejo campo de las fórmulas no fué óbice para que el eminente perfumero se adhiriera en su discurso —en lo que atañe al tema que nos ocupa— á las manidas teorías y lugares comunes que suelen circular en los cenáculos de café. Pseudoeruditas, simplistas y aventuradas hipótesis tales como que el verdadero móvil de los suicidas consistiría en castigar á sus semejantes ó en tomar venganza del desalmado mundo que los ignora y no desea comprenderlos. El hecho de hollar terra incognita no arredró á Herr Gestankhausen quien, con total desenfado, procedió á dar rienda suelta á una pretendida erudición apelando á citas de difícil confirmación y rastreo.

—Este triple atentado contra Dios, la sociedad y la propia persona es, según sostiene

Chateaubriand, muy frecuente entre los pueblos corrompidos —peroró nuestro químico—, razón por la cual no debe extrañarnos que, como afirma á su vez ese español afrancesado de Moratín, tal plaga asuma mayor virulencia entre nuestros amigos los británicos. Plaga de magnitud tal que los llevó á inventar el neologismo *suicide* ya á mediados del siglo diecisiete; si bien para otros autores la invención correspondería en justicia al abate Desfontaines. Mas, á lo que me refería: tan lamentable acto encierra, aun en nuestros días, triste y grandísima frustración. Puesto que el yo desprovisto de su protoplasma es incapaz de cualquier acción somática, todo desertor de la vida no sólo queda fisiológicamente incapacitado para gozar de los efectos de tan pírrica acción, sino que —en el hipotético caso de que pudiere hacerlo— se trataría de una satisfacción sumamente efímera, en absoluto incapaz de compensar un tal despilfarro de decisión y energía. Empero, damas y caballeros, me hallo en condiciones de revelar que el suicidio perfecto es factible pues yo mismo he elaborado su método aunque habrán de comprender que lo haya puesto á buen recaudo con el mismo é idéntico celo con que protejo los ingredientes y proporciones de mis más logrados perfumes.

Llegado á este punto y dejándose arrastrar por la inercia de su propia euforia, pasó á exponer sin recato otra de sus descabelladas teorías:

—No ignoro, damas y caballeros, que ante lo grave de mi revelación y á causa de los escrúpulos que la religión os ha insuflado, vuestros corazones se estremecen de espanto. Mas reflexionad, preguntaos si tenéis constancia de un solo caso de muerte pura y simple. Me apresuro á responder por vosotros y sostengo terminantemente que no. No, señores, no hay óbitos; sólo homicidios y suicidios, cuando no asesinatos. En todos y cada uno de los casos en que sabios galenos de probada honradez ven superada su ciencia, al comprobar la impotencia de sus diagnósticos y terapias ante lo que consideran fatalidad del destino, cuando á despecho de la ineficacia de sus esfuerzos el proceso desemboca en el deceso del paciente, eso, mal que nos pese, no merece otra calificación que la de homicidio. Pero en aquellos casos en que el paciente deja de luchar contra el mal que le aqueja y abandona la batalla, nos hallamos ante un suicidio pasivo. No pocos integrantes de este selecto cuodlibeto, que tienen á bien escucharme tan bondadosa como pacientemente, se interrogarán en este mismo instante y no sin pecar de ingenuos, si la muerte en accidente no es acaso una muerte pura y simple y he aquí mi contundente respuesta: los accidentes no son accidentales, señores míos.

Su auditorio soportó con corrección este pequeño discurso, mas no pudo evitar ser invadido por un malestar indefinible que, inexplicablemente, no era producto del rosario de dichos tan extravagantes como importunos.

Insinuaciones posteriores á la reunión fueron atajadas por la anfitriona con el siguiente argumento seguido de risueño gorgojeo: «¡Querida mía, el crémant es capaz de desatarle la lengua al más parco de los mortales!». Argumentación irrefutable de no mediar el hecho de que nuestro brillante químico aborrecía el champaña, fobia á cuyo respecto Frau Schmidt estaba enterada á cabalidad.

Por lo demás, no era preciso que Herr Doktor Otto Gestankhausen recurriera al alcohol para desatar su lengua puesto que encarnaba, á la sazón, el más acabado ejemplar de alemán asilvestrado, dotado de una locuacidad expansiva y feroz.

Á guisa de las muñecas rusas, dentro de cada historia se oculta otra y otra más y así sucesivamente hasta penetrar en los más recónditos y tortuosos meollos del corazón humano. Si en aquella reunión Herr Otto porfió en ignorar las más elementales reglas de urbanidad —á lo que sumóse cierto indefinible malestar padecido por la concurrencia—, sin lugar á dudas ello fué debido al hecho de hallarse aquejado por la enfermedad de los zelos, mal cuyos inequívocos síntomas irán patentizándose á lo largo de este penoso cuan verídico relato.

Con efecto: cerril y obcecado, nuestro buen Otto se mostraba imbuido de certezas circunstanciales que daba por axiomáticas. Tenía el convencimiento, verbi gratia, de que la en tiempos modesta empresa Schmidt hubiera llegado á ser un imperio perfumero, del cual se consideraba estrella indiscutible, era fruto exclusivo de su ciencia y arte. Creía también á pie juntillas que toda mujer capaz de precaverse de su futuro con sensatez no podría negarse á un pedido de mano formal si éste provenía de un genio de su talla y no existía fuerza humana capaz de hacer que se apeara de convencimientos tales. Si á esto se agrega que, si bien muy por debajo de las incontables capas de pequeñas vejigas pletóricas de grasa que anegaban su pecho, Gestankhausen tenía un corazón sensible á los encantos femeninos en general y á los de la heredera del imperio, Fräulein Thekla, en particular, una mezcla explosiva estaba presta á estallar en el más inopinado de los momentos.

En lo que mira á Fräulein Thekla, estaba ésta dotada de una belleza arrebatadora y luminosa no exenta de cierta considerable dosis de desdén y lejanía, atributos que, en presencia del prestigioso químico palmariamente entrado en carnes, adquirían el afrentoso vigor de una bofetada. De lo que se sigue que Otto Gestankhausen se veía impelido á doblegar, aunque á duras penas, su temperamento bilioso-sanguíneo. Ello no obstaba á que —inflamado por una pasión, á todo punto insana y desahuciada desde el punto de vista de cualquier observador objetivo— persistiera en un galanteo tan homeopático como incesante dejado caer, gota á gota, sobre la dorada cabeza de su amada, quizá en la desesperada esperanza de horadarla hasta imponerse á su mente de la que Herr Otto, al reputarla temporalmente extraviada á consecuencia de los vicios y desprejuicios que aquejan á las nuevas generaciones, estaba decidido á extirpar todo tipo de resistencia dado que, no le cabía la más ínfima de las dudas, tanto Thekla como él estaban cordialmente destinados el uno á la otra y á la viceversa.

De lo que se sigue que, contra toda evidencia, nuestro buen Otto no cejara en sus enfadosos requiebros, tarea digna de Sísifo de tenerse en cuenta que no recogía de tal empeño ni el más raquítico fruto. Tal era la situación cuando fue convocado al despacho de Herr Schmidt.

El amo del imperio perfumero recibióle con lo que á Otto Gestankhausen le supo á desmedida jocundia. Ofrecióle de beber y fumar al tiempo que palmoteaba sobre su hombro impartiendo, según presunción del químico, mayor velocidad al retirarla que al posarla.

—Otto, mi viejo y buen amigo —espetóle—, de un tiempo á esta parte luce usted un aspecto un tanto ajado, permítame decirlo porque no nos es posible permanecer indiferentes frente á un hecho que nos aflige. Bien sabe usted cuánto apreciamos su valía, su entrega total á esta casa, su integración á la gran familia Schmidt Parfümladen. Tales son las razones á las que obedece nuestra decisión de asignarle un ayudante pues estimamos injusto á todas luces que el peso de su departamento recaiga por completo sobre sus hombros. Por lo demás, á la empresa nunca le vendrá mal una inyección de sangre joven. Usted ya se habrá enterado de que me refiero á Herr Vermuten —quien acaba de graduarse summa cum laude— y, mire usted lo pequeño que es el mundo, fué compañero de Schule de mi Tecla. Á propósito, Herr Gestankhausen, mucho apreciaríamos que nos pusiera al corriente sobre cuál es el juicio que le merece nuestra decisión.

Mucho era lo que tenía que opinar, enjuiciar incluso, nuestro químico mas, ante el hecho consumado, tuvo el buen tino de guardarlo para su coleto. Sea como fuere, lo cierto es que al aventar la confirmación oficial toda esperanza de error basada únicamente en una infundada expresión de deseos, la noticia dejóle de una pieza, patidifuso é incapaz de proferir palabra alguna.

—Bien, bien, mi viejo y querido Otto. Usted es un hombre proverbialmente inclinado á meditar sus opiniones. Mas recuerde que quien calla, otorga. Creemos no pecar de optimistas si confiamos en que no tardará en darnos su más absoluta aprobación.

Sin pretenderlo y en un acto que muy luego habría de lamentar, Herr Schmidt acababa de inocular al famoso pesquisidor de moléculas fijadoras la incurable enfermedad de los zelos, arrojándolo á un tiempo en brazos de un profundo desespero.

Es vox populi que los zelos, como todo otro mal proveniente de miasmas secretados por sujetos de constitución bilioso-sanguínea, suelen requerir un período de incubación prolongado. Adolorido y desconcertado durante el primer estadio de su enfermedad, nuestro desdichado Otto reaccionó diciéndose que no debía permitir que su depresión engendrara fantasmas. Encomiable actitud cuya inmediata consecuencia consistió en adoptar un talante deportivo, si bien no desprovisto del auto engaño propio de todo mortal en tren de verse acosado por la fatalidad. Abrazó, pues, una peregrina hipótesis según la cual el joven Vermuten sólo constituía una harto presunta cuan lejana amenaza, tanto para su puesto en la dirección del Departamento de Investigación Química como en su calidad de presunto rival en la conquista del corazón de Fräulein Thekla.

Dicha actitud, con ser muy sensata, pronto habría de derrumbarse en lo más proceloso de su espíritu. Cierta tarde de primavera Herr Gestankhausen paseaba tranquilamente por la Dummstrasse cuando se vió sobrecogido por la desgarradora imagen de una exultante Fräulein Thekla quien, en compañía del imberbe Herr Vermuten, apartábase de los sobrios escaparates de la joyería más prestigiosa de la ciudad y, para colmo de los colmos, instalarse luego sin el menor recato en la terraza del Möritz donde sería la comidilla de las matronas casamenteras que pululaban en la buena sociedad de H**. Á este incidente vino á sumarse la trascendencia que, como se ha referido al inicio de este relato, darían semanas más tarde los

Schmidt á la fiesta de presentación de Herr
Vermuten y que, al ser anunciada con bombos
y platillos, dió pábulo á que nuestro desdichado Otto creyera percibir lo que tomó por un
intenso tufo á promesa matrimonial.

De seguido nos será permitido observar
el proceso insidioso que se registra entre dos
elementos en apariencia innocuos, pero capaces no obstante de reaccionar entre sí con
violencia en un corazón atribulado, como una
tempestad en la retorta de un imprudente al-
quimista, y brindarnos así una clara muestra de
la endeblez del alma humana ante el embate
de las pasiones, de cuyo significado nuestro paciente y circunspecto lector esperamos que sabrá extraer más que provechosa lección. Po-
dremos constatar in situ de cómo un encuentro
fortuito logró convertirse, al obrar sobre el terreno en potencia propicio que ofrece todo ser
desquiciado, en chispa inicial de un pavoroso
incendio que habría de desbrozar camino al reconcomio y así permitir que tan cruel sentimien-
to hiciera presa de Herr Gestankhausen, con velocidad propia del rayo, llevándolo á entregarse
á la más desenfrenada é insensata de las gulas,
en desesperado cuan evidente empeño de subs-
tituir una pasión por otra, incitándolo á emular sus más pantagruélicos antecedentes. Dado
un tal estado de ánimo, sólo bastaba salvar muy

breve trecho para que el reconcomio diera paso
á más graves y avasalladoras pasiones.

Fué así que nuestro buen amigo no tar-
dó en evidenciar los síntomas característicos del
morbo que, llegado á tal punto, aquejábalo ya
sin remedio: su rostro, hasta entonces fresco y
sonrosado, fué perdiendo día á día su brillantez;
sus ojos, de ordinario animados, se volvieron
lánguidos, carentes de expresión, hasta parecer
que se perdieran en la profundidad de sus órbi-
tas. Pronto formósele una arruga perpendicular
entre sus pobladas cejas, que fueron desorde-
nándose á medida que su mal avanzaba. En el
hipocondrio derecho, el hígado formaba, bajo
las falsas costillas, una prominencia considerable, poco evidente por mor del tejido adiposo,
si bien de fácil palpación. El color de su piel
púsose un tanto ictérico; la lengua rubicunda
en los bordes, el pulso frecuente, y mostró también indicios de sed interna que el desdichado
procuraba apagar con el vano recurso de aho-
garla en toneles de cerveza. Tan nada higié-
nica dieta como deplorable estado físico, cuya
causa no era otra que la insidiosa enfermedad
de los zelos, no podían augurar nada bueno
para Otto.

Herr Schmidt no derrochó tiempo en
advertir la creciente desmejora de su viejo y
querido Otto, razón por la cual decidió brin-

dar al pesquisidor el beneficio de un cambio
de aires, terapéutica que —si hemos de dar crédito á la medicina hoy en boga— suele obrar á
guisa de panacea para las turbaciones del espíritu. Con tal fin y excusándose por una exte-
nuación que á todas luces no padecía, decidió
que Herr Gestankhausen realizara en representación de su persona la gira anual de inspección por las filiales de la Schmidt Parfümladen
AG y, al tiempo, visitara á los clientes más importantes en los países objeto de su misión.
Tal como sostiene el vulgo, que en ocasiones
no yerra, según se verá y habrá de comprobar-
se, el remedio resultó ser peor que la enfermedad pues concedió aun mayor pábulo para
que Otto alimentara sus ya más que lóbregas
sospechas.

En su imaginación, de más en más en-
febrecida con el transcurrir de los días, á Otto
Gestankhausen no le cupo la menor de las dudas sobre que los designios de Herr Schmidt iban
encaminados á poner tierra de por medio entre él y la familia Schmidt para dejar así el campo libre al ambicioso Herr Vermuten y abrir
las puertas á una boda concertada. Estaba persuadido de que á su regreso se encontraría con
que había sido retirado de la empresa y, á guisa
de broche de oro, con el anuncio de boda entre Fräulein Thekla y su aborrecido ayudante

de laboratorio. Presa de tétrico humor al tiempo que abrumado por tales sospechas nutridas en su cerebro, bien que en parte fundadas difíciles de sobrellevar para su atribulado espíritu, adoptó la insensata resolución de vengarse. Para ello pondría en práctica y hasta sus últimas consecuencias su método para el suicidio perfecto ya ensayado durante aquella fatídica velada en la que su rival fuera presentado á la gran familia Schmidt AG y que, aunque en leve grado, causara —como el sufrido lector habrá de recordar— reacciones de repulsa y malestar indefinibles entre la concurrencia.

No se hicieron aguardar los efectos de tan dramática decisión. El paso de Otto Gestankhausen por las distintas capitales fué dejando tras de sí una nausebunda estela rescisoria de contratos que llegó hasta la casa matriz en forma de cartas cuyo indignado tono iba ascendiendo en las escalas de la exaltación y la afrenta á medida que se sucedían las visitas de nuestro ingenioso químico á los clientes más distinguidos.

Antes aun de que Herr Schmidt optara por la cancelación incontinente de la desastrosa gira de Herr Otto, éste fué objeto de una orden de expulsión por parte de las autoridades aduaneras de Melbourne que le consideraron «presunto responsable de inundar, mediante su mera presencia, las instalaciones del recinto portuario con la mayor é improcedente fetidez sufrida hasta el presente por la humanidad y registrada sobre la faz de la tierra», según una especie sensacionalista que publicó el *Sun* burlando así el férreo hermetismo oficial sobre tan embarazoso tema. Cabe apuntar que en modo alguno resultó sencillo hacer cumplir dicha orden porque si bien á los ojos de las autoridades aduaneras pesaba sobre Herr Otto Gestankhausen la presunción de disipar miasmas pestilentes, tal sospecha quedaba neutralizada por la presunción de inocencia por la que siente tanto apego, al menos en lo formal, la jurisprudencia sajona. En esta *impasse* vino á incidir, inopinada aunque decisivamente, el amotinamiento registrado en el *The Snark,* cuya tripulación negóse á reembarcar al famoso químico sin que trascendiera al público ningún tipo de razones justificantes de esa drástica actitud. Á grandes males grandes remedios, Herr Schmidt se vió impelido á fletar un clíper, fondeado á la sazón en Hobart, para regresar á casa al díscolo perfumero.

Si bien es cierto que Herr Schmidt negábase de plano á dar crédito á la copiosa información que obraba en su poder —por considerarla infamante, malintencionada y á tal punto fantástica y disparatada que tenía todos los visos de ser obra de la competencia— se hallaba no obstante preparado para lo peor habiendo adoptado en consecuencia las pertinentes medidas sanitarias. Para su gran sorpresa y alivio, lo que vieron sus ojos en Hamburgo fué á un Otto Gestankhausen de aspecto derrotado y al que le colgaban las carnes, descender del clíper que tan raudamente le había rescatado del furor de los antípodas. Y pudo comprobar con satisfacción que la presencia del químico no ofendía la pitiutaria á cien metros á la redonda tal como afirmaban, insidiosos, inciertos rumores y desaforadas protestas. No obstante, al tiempo que se fundía con Otto en un abrazo, debió admitir para su coleto que éste no olía precisamente á rosas.

El fino y adiestrado olfato de Herr Schmidt percibió que el cuerpo de su viejo amigo exhalaba un aroma sutil, aunque abusivamente humano, con preponderancia de dominantes poliúricos y leves toques bromhidrósicos. Sin hallar explicación para ello, acudióle á la mente la palabra *polifónico* que, á su vez, vino á evocarle la siguiente sentencia de Gestankhausen: «El perfume es al olor lo que la música al ruido». Pero lo que cataban sus narinas más que á melodía sonóle á lejana barbulla. Por pura deformación profesional, Herr Schmidt no titubeó en bautizar tal perfume *Souvenir de mon*

sobac ó —adaptándose al mercado sajón— *Se-
cond Time,* á causa de su cálida evocación de
humanidad sumamente ajetreada. Lo que aca-
bamos de apuntar es claro indicio de que á Herr
Schmidt le fueron ahorradas las más agraviosas
gradaciones de la escala Gestankhausen. Sea cual
fuere la razón de tan menguado potencial odo-
rífico, lo cierto es que desestimó en el acto —si
bien un tanto á *contrecœur*— todas las denuncias
contra Herr Otto optando por atribuir las ema-
naciones piedra del escándalo á las incomodi-
dades del viaje y toda la furia desencadenada
por ellas como pretexto á una burda maniobra
conspirativa.

Preciso es admitir no obstante que, más
en consideración á Otto que por la imagen de
la empresa, Herr Schmidt consideró atinado
recluir temporalmente al químico en un sana-
torio donde habíale reservado plaza. Razón por
la cual parecióle descabellado que éste, en lugar de acceder á sus comedidas instancias, por-
fiara en dirigirse de inmediato á su laboratorio
donde procedió á encerrarse á cal y canto.

Los muy ultrajados clientes de la Schmidt Parfümladen AG no tardaron en regresar
al redil debido á que los aceites fijadores crea-
dos por Otto Gestankhausen —pero cuyas fórmulas y procedimientos de elaboración eran
propiedad de la empresa— no sólo carecían de

rivales en todo el orbe, sino que resultaban ser los más económicos á causa de su extraordinario rendimiento. Tan poderoso caballero es don Dinero que tales incidentes, incluso el acaecido en Melbourne, fueron pronto cubiertos por un tupido manto de, antes que piadoso, interesado olvido.

En este punto del relato saltará á la vista para cualquier lector avisado que los hechos expuestos en los parágrafos precedentes revelan de un modo palmario que nuestro héroe era, á la vez que un genio en su especialidad, un perfecto cretino. Á mayor abundamiento, es preciso que nos explayemos con el cometido de evidenciar la justedad de estos dos últimos asertos. No sólo permaneció nuestro héroe enclaustrado en su laboratorio durante varias semanas sin cejar en la ímproba tarea de modificar una molécula aquí y otra allí, sino que, al cabo de esos días y horas de tesonero empeño, emergió triunfante sobre el intrincado universo de la química, muy ufano y ostentando una amplia sonrisa, tal como si hubiera descubierto la piedra filosofal. Su hallazgo significaba para él mucho más que eso: había puesto á punto, suponía, su método para el suicidio perfecto.

Habiendo observado, á partir de la fiesta aludida con reiteración en este escrito, una conducta retraída en lo que respecta á todo tipo de trato social, he aquí que Herr Gestankhausen mudó de talante de forma brusca é inesperada y lanzóse no sin un ápice de desenfreno á ir de gaudeamus. Entregóse á la frecuentación de cuanto ágape, velada, recepción, agasajo, sarao, boda, bautizo ó velatorio cruzárase en su camino, sin desdeñar retretas.

Su químico hallazgo, una vez perfeccionado con el debido control de magnitud y modulación de sus gradaciones odoríficas, demostró ser capaz de provocar efectos muy similares á los padecidos por los asistentes á la fiesta de marras, si bien notablemente más potenciados y efectivos ya que, si en esa ocasión no pasaron de causar un «malestar indefinible» entre la concurrencia, eran ahora insidiosamente devastadores. Quedaba totalmente superada la grosera pestilencia denunciada por la clientela y que diera pie al motín de Melbourne. El hedor había sido domesticado, tramutado para las víctimas en frustráneo perfume.

Si nuestro improbable lector es ducho en artes literarias ya habrá colegido en qué consistía el método suicida de Herr Gestankhausen, pues no era más que proceder á la ingestión de cierta dosis de determinado aceite fijador de su propia cosecha. Dicha ingesta tenía por efecto imbuir en su piel y afincar en su aliento, en todos los humores corporales, la suma total de sus olores fisiológicos sin desdeñar aquellos más rancios y secretos. Su primer ensayo en la tan llevada y traída reunión habíase demostrado casi satisfactorio mas, posteriores ingestas, dieron en provocar lo que él bautizó como «reacción en cadena», un no deseado efecto que hizo á nuestro industrioso pesquisidor en absoluto insoportable incluso para sí mismo. (Permítaseme aquí una digresión quizás torticera y no exenta de malevolencia: mucho es de temer que la fetidez más repelente haya provenido de la fijación de los miasmas emanados por las extravagantes y malsanas ideas del desdichado químico.)

Tan indeseables consecuencias fueron superadas. Una vez corregida la estructura molecular de su aceite fijador, Herr Otto logró finalmente efectos estables y controlados producto de sus propios efluvios y que, aunque capaces de causar un alto nivel de repelencia incoercible, resultaban indiscernibles para la conciencia humana si bien ni el más carroñero de los buitres hubiera sido capaz de catarlos sin estremecerse.

Fué aquello que él dió logogríficamente en llamar «efecto de exhalación subliminal» lo que acercó el tiempo en que Herr Gestankhausen pudo saborear finalmente el plato frío de su meditada venganza —al atesorar en sí el poder de todo un batallón de conjurados infiltrado en el corazón de la Schmidt Parfümladen AD— encaminada á sumir á la empresa, con exasperante pero inexorable lentitud, en el más afrentoso de los desprestigios y la consiguiente ruina. Á guisa de jinete en caballo amarillo, volvió á recorrer el mundo asolándolo con la perversión de su perfume hasta poder refocilarse ante la desesperación y la quiebra pintadas en los azorados, pálidos ojos de Herr Schmidt, la frustración en la codiciosa mirada de Herr Vermuten y la entrega de Thekla, su amor imposible, á las crueles garras de la inopia. Todo y eso sin considerar el oprobio social al que se vió expuesta Frau Schmidt.

En su lúcida simpleza, pretende la sabiduría popular que todo lo dado por bueno esconde siempre un mal costado. Para el presente caso no pudo haber más ajustada sentencia: su elevada toxicidad era el «costado malo» del —es preciso que lo admitamos de mal ó de buen grado— genial invento. Ésta fué la causa por la cual Herr Gestankhausen no tardó en sucumbir á los efectos de aquella singular pócima. Desmejoróse á ojos vista hasta que resultóle humanamente imposible abandonar su lecho.

No sin antes haber adoptado la precaución de hacer ungir á Herr Gestankhausen con

una generosa capa de bálsamo tranquilo, desti-
nado á atemperar en lo posible el pestilente
tufo de su cuerpo mortal, el reverendo Dummkopf resultó ser la única persona lo bastante
caritativa, al tiempo que dotada de un tan encomiable espíritu de sacrificio que le capacita-
ba para reunir la piedad y la entereza indispen-
sables que exigía la ímproba tarea de asistir y
reconfortar á Herr Otto hasta el mismo instante en que el desdichado entregó su alma
—sólo el Señor sabe á quién— junto con la
temible exhalación del último de sus miasmas.
Como no podía ser de otro modo, nuestro
buen pastor habíalo instado al arrepentimiento y á reconciliarse con el Creador, cuestiones
á las que el agonizante mostróse amarga y ás-
peramente reluctante.

Minutos antes de que se produjera el
fatal desenlace, entablóse entre ambos un diá-
logo, más parecido á un duelo, que pasamos á
consignar confiados en la memoria y la probada honestidad del reverendo Dummkopf, quien
comenzó recriminándole su excéntrica y mal-
sana conducta.

—De momento, hagamos caso omiso á
la abominable falta que, ya de por sí, constituye
el atentar contra la propia vida. Mas el diabóli-
co método por usted pergeñado, impregnado
de encono y de muy ofensivos efluvios, agrega

á esa reprobable acción tal dosis de morbosa malignidad que vuelve imposible concebir acto más pernicioso, tanto para su propia salvación como para la de aquellos de sus semejantes que, Dios no lo permita, optaran por seguir su ejemplo.

—Reverendo, dado que el suicidio es y seguirá siendo para muchos una opción ineluctable, considero mi invención altamente humanitaria pues sólo pretendí —y logré— hacer realidad el sueño de todo buen suicida que consiste en poder apreciar, antes de abandonar este bajo mundo, los efectos que ejerce sobre el prójimo resolución tan extrema —jadeó Otto Gestankhausen al tiempo que infinitas gotas de frío y pestilente sudor perlaban su rostro cerúleo.

—Quede bien sentado de una vez para siempre y fuera de toda duda que yo, como hombre y sacerdote, rechazo con toda la fuerza de mi alma tan impía y descabellada acción que ofende á Dios y á la humanidad entera. Siempre sostendré que, á la hora de reclamar justicia, contamos con recursos pacíficos, civilizados, decorosos y en nada degradantes. Ahora bien, en un caso en absoluto hipotético y si me viera forzado á ello contra mi manifiesta voluntad y repulsa, consideraría mucho más caballeroso y digno el método utilizado por Jan Potocki —el

Señor me es testigo de que mis palabras están exentas de todo servilismo— por lo que el mismo tiene de innovador aunque sin dejar de ser á un tiempo clásico, original y hasta elegante. El justo término medio. ¿Han llegado á usted noticias sobre el mismo?

Nuestro pesquisidor reanimóse al punto y sus mejillas se anegaron de afrenta:

—¡Herr Dummkopf! ¿Cómo osa usted poner á un sucio polaco como ejemplo de nada? Y permítame recordarle que en Polonia el suicidio es considerado un acto innoble. ¡Raus, raus!

—Le ruego sepa usted moderarse, Herr Gestankhausen, y le conmino á guardar la compostura y el debido respeto que las circunstancias exigen. Por otra parte, no olvide usted que en toda la cristiandad el suicidio es algo peor que innoble y que me he referido á un conde.

—Conde, pordiosero ó perro. ¿Qué más dá cuando dentro de nada seremos iguales ante Sus ojos? ¿Acaso considera que Él valorará una mera diferencia de matiz? Lo que haya hecho ese Potocki no será sin duda ni lejanamente tan innovador y humanitario como lo que he dado en llamar mi efecto de exhalación subliminal. Dé usted por seguro que el Creador sabrá apreciar invención tan portentosa.

—¡Ah, desdichado! Es usted el colmo de los colmos, Herr Gestankhausen, y ofende mi conciencia casi tanto como mi olfato. ¿Osa en tan críticos instantes, cuando la salvación de su alma está en juego, pecar de orgullo ante Dios con la pretensión de enaltecer uno de los más deleznables actos que afligen á la humanidad? Si usted no se opone y con el único fin de acudir en su auxilio, intentando despertar en su corazón sentimientos de humildad, contrición y sincero arrepentimiento, le describiré el método ideado por el conde Potocki que, si bien sacrílego en paridad al suyo aunque con más probabilidades de obtener el perdón divino, nada tiene que envidiarle en materia de originalidad y arte. Puede usted estar bien seguro de ello.

Otto Gestankhausen, en apariencia dispuesto á escuchar, cerró los ojos y hundió resignadamente la cabeza en la almohada. Como quien calla otorga, el reverendo pasó á referir lo siguiente:

—Mire usted, recluido Potocki durante los dos últimos años de su existencia terrenal en su castillo de Vladówska, cercano al Wistok, cayó en un estado de desengaño que desembocó en profunda depresión. Un mal día, su mirada vagando al acaso fué atraída en su atención por un ornamento en forma de pavorreal bifronte que algún artesano había elegido como remate para la tapadera de un azucarero de plata. Ese inocente detalle decorativo, visto una y mil veces por el conde aunque jamás observado con detenimiento, tuvo el poder de fascinarle por motivos que escapan á la comprensión ajena. Quizás, en su elaborada forma y frío brillo, haya creído descubrir cualidades que se le antojaron adecuadas para un original aunque triste uso. Lo cierto fué que procedió á serrar el artístico pavorreal y, con ayuda de una lima, fué conformándolo hasta hacer de él adecuado proyectil de metal noble con el que puso fin á sus días. ¿No estima este método á un tiempo más digno, elegante, clásico y, además, original en paridad al suyo, Otto Gestankhausen?

A punto de entregar su alma, el rostro arrebolado por la fiebre y la ira, Herr Gestankhausen logró erguirse sobre los codos y, estirando el cuello cual tortuga, encaróse á su interlocutor asestándole la siguiente filípica:

—¿Qué dice usted, reverendo? ¿Acaso estima digno y elegante el marcharse dando un portazo? Su conde dió muestras de unos modales del todo faltos de urbanidad y pulcritud. Permítame decirle que: primo, siempre he despreciado todo tipo de labor manual; secondo, que me horrorizan las armas de fuego y la sangre y, tertium quid, puede usted tener á buen seguro que tal método no sería en absoluto de mi agrado al contradecir mi concepto del suicidio per-

fecto basado en un largo adiós que importune
á nuestros enemigos.

—Mas ¡ay, desdichado de mí! —agregó,
fruto de titánico esfuerzo—, no todo me ha salido á pedir de boca por lo que me veo obligado
á recordarle que ésta, mi última confesión —le
ruego no vaya á tomarme usted por un maldito
papista— deberá ser mantenida en el mayor de
los secretos. Lo que verán sus ojos no será suicidio sino homicidio. He notado que ya no
huelo á mí, sino á algo diferente; quizás á otro,
á un ser extraño. He perdido mi identidad y mi
última voluntad es destruir al intruso. *Nunc di-
mittis servum tuum, Domine.*

Dicho lo cual y sin mediar adiós alguno, Herr Otto Gestankhausen entregó su alma
en olor de apostasía.

Ya no hay quien odie al señor Pitocchietto

Para Marcelo y Coleta

Al menos en mi pueblo, se oye decir desde siempre que el mundo es puro teatro pero —aunque pueda admitirse que hasta la guerra y las religiones tienen su teatro y el amor, la vida y la muerte los más diversos escenarios y decorados—, para mí nunca fue otra cosa que una frase poco original, apenas ingeniosa. Siempre que la escuché elegí entre la indiferencia o la débil complicidad risueña. Ahora sé que se trata de una verdad más grande que una catedral en la que todos estamos metidos y, si bien no sé por dónde ni cuándo todo saltará en pedazos, no me cabe la menor duda de que lo hará tarde o temprano. Esto, sin embargo, no debe tomarse al pie de la letra porque en cierto sentido mi pueblo invierte la tradición: aquí todos somos tontos menos el señor Pitocchietto, que vive en un palacio y es más listo que el hambre. Lo que pueda resultar de tan extraña combinación contra natura es muy difícil de prever.

Si digo lo que digo y en tan precipitada forma, se debe a que hace ya demasiado tiempo que nuestro mundo, en los fértiles valles de la Giluria, no es más que un juego peligroso en el que cada cual tiene su papel asignado de acuerdo a un riguroso método. Por ejemplo, este fin de semana me toca a mí el turno más sacrificado: partir en vuelo sobre el gran charco, no sin antes pasar por el frittoporto —que así lo llaman— y cargarme de obsequios para mi familia dispersa por toda América. Cuando me toca el turno de viajar y comprar cosas, procuro tener bien claro hacia dónde se dirige el vuelo. Si es a Brokolino, debo abstenerme de llevar alimentos. Un pañuelo de seda o un paraguas, son el tipo de objetos más adecuados para regalar al final de ese viaje. Cuando sean los parientes de Colombo quienes habrán de beneficiarse con mis obligados obsequios, puedo comprar tranquilamente los mejores quesos, ovaladas latas de jamón o panettone. En vuelos a Piattabanda o a Conquibus puede uno llevar cualquier cosa pero, en especial, whisky, delicatessen o algún objeto absurdo, inservible. Los de allí se han vuelto gente de gran ciudad y, por lo tanto, imagino que se aburren y aprecian juegos y chucherías como *rimbambiti;* por momentos vuelven a ser niños.

Como el señor Pitocchietto también se aburre y además es mezquino, decidió obligarnos a estos vuelos de su invención puesto que él nos considera sus siervos y, de hecho, no le falta razón alguna. Los primeros tiempos resultaron duros para nosotros. Porque una cosa es escalar la montaña, sentir bajo las botas el firme techo del mundo, y muy otra y diversa verse suspendido en el aire preso en un aparato de metal. Olvidar que todo lo que sube ha de caer y que existe una ley que sobre esa cuestión inventó un inglés revela, en personas que se dicen ilustradas, portentosa soberbia y total ausencia de sensatez, cosa que informé respetuosamente antes de que fuera demasiado tarde. Pero ellos —los que le lamen las botas al señor Pitocchietto— prefirieron sonreír, levantar cejas y hombros y, sin más ni más, arruinar nuestros fines de semana con estos viajes absurdos. Pronto comprendimos que, al menos en materia de accidentes, no había grandes motivos de preocupación.

Sin embargo, no debemos olvidar la parte crematística de la cuestión porque el señor Pitocchietto —que, en mi opinión, se encuentra un tanto sonado— se plantifica junto a la caja y, cuando yo o cualquiera de los nuestros intenta pasar de largo del frittoporto junto a las estanterías repletas de cosas caras y relucientes, viene y nos dice, me dice: «Pero, Beppo, ¿qué haces? No tendrás cara para presentarte ante la familia con las manos vacías. ¿Tú, de todos estos campesinos brutos el único que ha ido a la escuela, ¿dónde has dejado la buena educación que te brindamos?».

En la primera época nunca faltaba un cabeza de mula vieja que se resistía a tirar el dinero en el frittoporto —para esos casos está el oficial de inmigración, siempre dispuesto a encontrar cualquier irregularidad en el pasaporte— de modo que el desgraciado se quedaba sin subir a bordo, con el pasaje pagado inservible para otra ocasión, más el agravante de que no podía regresar a su casa hasta que no se completara el pasaje de regreso del autocar, lo que lleva horas. Al principio vimos peligrar nuestros ahorros, que es lo que en realidad pretende el señor Pitocchietto, no conforme con chuparnos la sangre de sol a sol. Sin embargo, pronto nos organizamos para crear un fondo común, de modo que recurrimos a ese dinero para comprar en el frittoporto. Los precios que fija el señor Pitocchietto, según pudimos averiguar cuando Renzo bajó a la ciudad, son bastante superiores a los de cualquier comercio. Ante esta realidad no nos quedó otra salida que revender los productos a pura pérdida, pero el fondo nos compensa al repartir con equidad esa sangría. Cuando es día de fiesta en alguna aldea de los alrededores, aprovechamos para embaucar a esos brutos de montañeses revendiéndoles algunos artículos con una pequeña ganancia.

Con eso y todo, y aunque los viajes que organiza el señor Pitocchietto sean los más seguros del mundo, no podíamos darnos por satisfechos ni, menos aún, por vencidos. Las tripas se nos revolvían clamando venganza. Fue durante los turnos de viajes obligados al aeropuerto privado —donde el patrón hizo instalar un antiguo armatoste sin motores llamado *Anteo*— cuando, entre los hombres, comenzó a germinar la idea de cómo resarcirnos de nuestras pérdidas en tiempo y dinero.

En un principio el señor Pitocchietto insistió en que viajásemos todos, familias enteras, lo que nos hubiera llevado a la ruina. Para defendernos, organizamos dos turnos. Al primero le tocaba acudir al aeropuerto y «hacer bulto», como propuso Renzo. De modo que los hombres fanfarroneábamos, nos hacíamos ver gesticulando como meridionales para ocupar la mayor cantidad de espacio, escogíamos como acompañantes a las mujeres más gordas y charlatanas y arramblábamos con todos los niños disponibles porque, gentileza del patrón, no pagan pasaje. Vale decir que llenábamos una cuota mínima que no disgustara al señor Pitocchietto y que, al mismo tiempo, estuviera a la altura de los gastos que podíamos permitirnos. El segundo turno quedaba en el poblado libre de hacer lo que quisiera como reparar una cerca o, mayormente, concentrarse en la cantina de Bettino para jugar a los naipes, hablar de las cosechas o rumiar desquites contra la vida en general y el patrón en particular.

Fue de una lenta, trabajosa ruminatura —como dice Vittorio y hacen las vacas— que surgió la idea de crear un tercer turno y modificar notablemente el segundo, imponiéndole determinadas obligaciones. Para el primer turno sólo establecimos la siguiente norma: que uno de nosotros debe conseguir que el inspector le anule el viaje. Ese hombre tiene la obligación de vigilar los movimientos del señor Pitocchietto.

Pero terminemos de una buena vez con el asunto de los viajes. Decía que debemos ir cada fin de semana hasta el aeropuerto, pagar los pasajes, gastar lo que no tenemos en el frittoporto y, si todo está en regla, si no nos toca hacer el plantón de vigilancia, trepamos finalmente por la escalerilla del *Anteo,* elegimos un buen asiento y ajustamos nuestros cinturones y los de los niños.

Todo lo que sigue lo sabemos de memoria porque es como una liturgia: vendrá Nina —que es la camarera y se entiende con el señor Pitocchietto— empujando un carrito lleno de vaseras con «manjares exquisitos», como siempre dice y repite. Bajaremos las tablas de plástico para sostener las vaseras cargadas de esa birria que no es comida para un hombre pero que nos zamparemos en dos bocados con la intención de acabar de una buena vez o resarcirnos en minúscula medida de lo que nos cuesta el viaje. Justo en el momento en que uno quisiera bajarse del avión y volver a casa para echar una siesta, empiezan los tiros, el galopar de caballos y los indios se ponen a chillar como si les estuvieran arrancando la piel a tiras, ¡los muy marranos! De modo que dejamos de odiar al señor Pitocchietto para odiarlos a ellos.

En realidad, ya no hay quien odie al señor Pitocchietto, aunque los indios nada tengan que ver con esto. Desde que creamos el tercer turno apenas si le concedemos al patrón un desprecio mitigado por cierto desdén de perdonavidas. Finalmente se acaba la película, bajamos del *Anteo* y es como salir de uno de esos sueños tan reales que nos asombra no encontrar junto a nosotros los objetos que no hace un segundo pudimos ver y palpar, o nos vemos obligados a aceptar que esa mujer soñada, con la que virtualmente hacíamos el amor, se desvanezca provocándonos un coitus insepulto. Para colmo de males, el señor Pitocchietto aguarda sempiterno al pie de la escalerilla y ejerce, quizás sin saberlo ni desearlo, de perfecto pinchaglobos o espantasueños ayudándonos a caer de culo en la dura realidad de los hombres del primer turno, interesados mártires de la fraternidad.

Si ya no hay quien odie al señor Pitocchietto, es por una sencilla razón: desde hace tiempo, cuando nos toca el primer turno, nos sacrificamos una vez al mes adquiriendo productos caros e innecesarios, trepando la escalerilla del *Anteo*, soportando a las charlatanas gordas y a los mocosos que aullan más que los indios de la pantalla, mientras la envidia nos corroe al pensar en la gloriosa fortuna de los del tercer turno. Aquellos que deben cumplir con el segundo —que no es menos sacrificado, ya que no todos tienen ahora la libertad de pasarlo en la cantina— se les ha asignado la función de distraer a nuestras esposas, impedir que ninguna mujer desbarate la coartada del tercer turno, hacerles abortar posibles recelos mediante breves visitas cautelares o con la organización de pequeñas distracciones tales como conciertos de canto y mandolina, donde no faltan el queso ni el vino. También figura entre sus obligaciones pasar un informe en el caso de barruntar sospechas femeninas, recelar recelos.

Los del tercer turno tenemos que fingir que pasaremos la tarde en la cantina, que iremos de caza o de pesca, excursiones en las que a unos supuestamente les va fatal, mientras que otros están obligados al disimulo, a comprar algunas piezas capturadas por los montañeses. Aunque estos gastos no los compensa el fondo común, jamás han hecho pestañear siquiera al más roñoso entre los roñosos. Todos los pagamos con gusto porque somos almas piadosas y comprensivas prestas a reconfortar y dar placer a toda víctima de la soledad y el abandono, especialmente tratándose como se trata de damas de alcurnia, hijas de buena familia y sus amigas de la ciudad o incluso de criadas muy perfumadas y limpias para la ocasión, lo que da fe de nuestro espíritu democrático. Y es justo destacar que en esas incursiones a palacio, si bien abundan los quejidos faltan las quejas y no se ha dado ni un sólo caso de corpore insepulto. Al menos que se sepa y hasta la fecha.

Espíritu sin luz

Para Tom
«El Ruy Senior canta mal»
JEAN COCTEAU

En un tiempo me relacioné con Tom, un gato de Cheshire que pretendía tener nueve vidas. Allí los verticales son muy posesivos con respecto a nosotros. Siempre me divirtió su pretensión de ignorar la rebeldía que nos habita desde que el gato es gato. Entre las muchas cosas que desconocen figura, por supuesto, el bravo motín de los gatos de Madrid.

Aquellos nativos son de índole huraña («Xenophobics, Miss Franny, islanders xenophobics», me corregía Tom relamiéndose al utilizar ese culto maullido como arma arrojadiza). Son huraños —como te acabo de maullar—, desconfiados y aprensivos. La cuarentena que entonces debí soportar no bien llegada a Heathrow lo confirma.

Pero Tom era pura sonrisa y poco cerebro. Se había dejado colonizar por sus huéspedes. Traté de explicarle, entre otras muchas cosas, que no es cuestión de nueve ni de vidas, que lo que nosotros tenemos son siete sentidos y que ya es como demasiado. Fue inútil. Lo más triste resultó ser que esa estúpida creencia le había impedido desarrollar la capacidad de percepción de nuestra especie, portentosa en comparación con la vuestra. A mis ojos, esto lo había convertido en un ser pequeño y mezquino. Aparte de la birria de sol que hay en esas tierras, ese fue el motivo que —aunque en cierto modo siga queriéndole— me llevó a separarme de Tom y regresar con alegría al sur del continente.

Bueno, no tan al sur como hubiera deseado pero lo bastante como para poder estirarme panza arriba tras el cristal de una ventana y gozar del sol que lo inunda y traspasa.

Admito que lo pasaba bastante bien y no tenía demasiadas quejas porque la pareja que vivía conmigo y pertenecía a la clase de verticales agachados-estirados, hubiera podido ser peor. Él era un narcisista trepador y su hembra, bestia corpulenta con alma de comisario político, una bulldog pintiparada. Me divierte separar a ustedes, los verticales, en jaulas imaginarias, tal como se suele hacer con nosotros, y a este par —si bien en un arrebato de ira me vi tentada de meterle con los chacales— le corresponde la jaula de los perros, que están lejos de ser mi ideal para la convivencia. Pero es falso que nos llevemos necesariamente mal con esos bichejos imperfectos, malolientes, extrovertidos, tan agachados y con esa emotividad babosa de colmillos para afuera.

Quizás el día de ayer, por ser Nochebuena —cuando mis huéspedes dedican su ocio a maullar promesas de enmienda y multitud de otras tonterías—, sea buen ejemplo de lo que digo y de la vida que llevaba entre ellos. La mañana comenzó con el macho vertical asomado al agua vertical —ese hueco movedizo y con tapa que llaman espejo donde se desdobla o triplica, donde uno de ellos huele y los otros no; lo he comprobado— y, fiel a su pedantesco, engreído discurrir de lebrel afgano, ronroneó para sí ruidos que sonaban como *iniquidad del tiempo* tal vez porque *campos de hirsuta nieve* y, más hacia su hocico, *rutas írritas culebrean multiplicándose.* La verdad es que no entendí gran cosa de esos sonidos. Luego, sin dejar de contemplarse en el hueco, maulló fuerte: «Son las marcas de Caín y conjeturo que, a causa de ellas, hoy me siento desesperadamente auténtico. Será duro para ambos, pero tendré que ajustar cuentas con el Maestro, arrojar la cruda luz de la justicia sobre cierta herida que empaña nuestra ilusionante relación». Así es como siente, ronronea y maulla Tiestes Megma, que así se llama tan pedantesco personaje debido a alguna fatalidad. Todo esto y mucho más lo percibí no gracias a que él bajara la guardia por creer que yo era simplemente su gato, sino por el hecho de ser yo mi propia, única dueña y propietaria y, por añadidura, de raza mediterránea.

A ver si me explico: se trata de un poetón —vale decir, un poeta solemne que proclama humildad para que lo ensalcen, pero que no es más que un petiforro inflado y con nudito como de corbata—, del mismo modo que hay prosistas prosaicos. En pocos maullidos: se trata de un espíritu sin luz.

Pero debo ser honesta y admitir que sus ondas se me quedan en meras vibraciones. Como un loro las repito y a gatas si me dejan un cierto olor clasificable, una neta sensación en los bigotes, aunque el resultado sólo consiste en una noción muy general del significado de sus maullidos, tanto como de las vibraciones de su persona. Sin embargo, creo no equivocarme al afirmar que eso me basta y sobra para catalogarlo. No comprendo, por cierto, la mayor parte de sus maullidos, que más bien son ladridos. Sólo me limito a repetirlos para que los interpretes como te plazca y me esfuerzo para que entiendas y puedas traducirlos.

Cuando no estaba ocupada en mis uñas o repasándome el pelaje y era invierno, mataba el tiempo en observar y olisquear al macho. Esto lo llevaba a suponer que yo vivía pendiente de su persona y hasta llegaba a sentirse superior porque, cuando me miraba de frente, yo parpadeaba de inmediato y apartaba la vista. Pero el poetón ignoraba que así evitaba, como lo hacen todos mis congéneres, que pudiera enterarse del juicio que de él me había formado porque algunos de los de tu especie podrían averiguar más de lo debido si lograran observar nuestras pupilas. Salvo cuando estamos erizados, dispuestos al ataque, la furia las vuelve impenetrables aun si lucen por completo dilatadas.

¿Que no te convence? Pues verás: según me aseguró Leonid Gatóvski —un amigo ruso que en una vida reciente fue un eminente economista y recorrió mundo— los chinos, tenidos por muy observadores y sigilosos, acostumbran consultar la hora mirando nuestras pupilas. Saben desde hace siglos que las niñas de nuestros ojos se van estrechando a medida que se alza el sol de mediodía —hora en que trazan una línea vertical tan delgada como un pelo de mi bigote— y que comienzan a dilatarse cuando la luz declina.

«Si llegara a implantarse la costumbre de consultar la hora en nuestros ojos, algo que no me sorprendería ya que conozco de sobra a los hombres por haber sido uno de ellos y los considero capaces de cualquier tontería si de lo que se trata es estar a la moda —comentó Leonid quien, debido a su pasado de economista, había desarrollado un sentido del humor particularmente incisivo—, la industria relojera iría a la ruina mientras que nuestra cotización se elevaría muy por encima de los tejados».

Aunque estimara esa eventualidad más que ridícula, imposible, porque somos por naturaleza reacios a que nos encadenen, con sólo imaginar a un bípedo de grandes patas forradas —como es tu caso— en el acto de sacarme del bolsillo de su chaleco, se me erizó la pelambre. «Para nuestra fortuna, los chinos están lejos» fue mi único, receloso y estúpido runrún a los instructivos maullidos de Leonid.

Pero volvamos a lo que íbamos. El tal Tiestes Megma, una vez que logró desprenderse del espejo regresó con el periódico para hundir en él su afilada nariz. De pronto comenzó a chillar y dar botes como si le hubieran pisado la cola. Pasó el resto del día de un humor de perros y, al caer la noche, me atrapó, me metió en su coche y ronroneó para sí: «Que sea una de cal y otra de arena; al Maestro le gustan las gatitas casi tanto como la botella y ya es hora de pasarle factura».

De modo que entramos y salimos de una caja que subió temblando y me vi de sopetón en un gatuperio formado por nubes de vapor, humo de cigarros y jungla de plantas. De entre una mezcla de olor a libros y papeles limpios, a vasos usados y medicinas, se destacaban el penetrante aroma del whisky y el acre del tabaco ardiente. Infinita variedad de curiosos objetos se desparramaba sobre todo plano horizontal. Estruendo de motores y aullido de sirenas trepaban desde la calle.

A pesar de que aquello era una típica perrera, tenía un toque felino que me cayó de cuatro patas tal vez debido a su contraste con la madriguera de mis huéspedes que me caía de lomo —fatal, fatal— por su vulgaridad. Mi apeadero, con cada objeto abrillantado y en su sitio, parecía el salón de exposición de una mueblería. Allí las sillas, los bargueños chabacanos, los aparadores y cómodas —todos barrigones y recientemente lamidos— se meaban por lanzar destellos de lustres superficiales, parecían estar a punto de levantar la patita pero se veían frustrados por un ambiente de clausura. Todos aquellos objetos formaban un conjunto tan frío, hostil y ajeno que llamaba la atención la ausencia de etiquetas con los precios de rebaja en cada una de las piezas. Este mausoleo de perrísimo gusto —disgusto, en realidad porque no alcanzaba siquiera la categoría de kitsch— estaba salpicado de fotos en marcos de plata o hueso y de trofeos que pretendían darle un toque de sal pero fracasando en el intento, entre otras razones, porque el desangelado rostro cadavérico y relamido de Tiestes Megma asomaba, casi femenino e inevitable, homenajeado siempre por sus pares —hoy por ti, mañana por mí— con la ingenua finalidad de engañar a la postrera al fijar como para la eternidad los solemnes momentos en que el poetón era agasajado en juegos florales, entre bailaores y cantaores flamencos o en justas de bardos de su mismo pelaje.

Pero volvamos al Maestro quien, a todo esto, permanecía encamado y manifestábase quejoso del hígado, pretexto y escudo contra intrusos indeseables que, en este caso, no éramos otros que yo y el poetón. Por lo tanto, me sorprendió que fuéramos bien recibidos aunque no tardé en percibir que nuestro anfitrión era un tío insensatamente humilde y desdeñoso, muy dado a las perrerías y para nada exento de ponzoña. Un homo parco en apariencia pero al que la soledad, por carencia de amigos asiduos, lo impulsaba en ocasiones a maullar incluso ante individuos que, por bastos y obtusos, no merecían el menor gasto de saliva, ni tan siquiera una mísera gotita de Pflüger. En suma: espíritus sin luz. Actuaba como médium de un pasado remoto, colmado de sabiduría, al que otorgaba ciertos toques de gracia desmañada, mucho de añoranza y que —memorioso— se mostraba siempre dispuesto a disparar sus dardos hacia el punto más vulnerable de su interlocutor, fuera éste quien fuere. Mensajes subliminales cargados de ocultas, lubricadas, certeras dosis de veneno destinadas en exclusiva a los imbéciles, aunque sin poder impedir que se entreviera, modestamente —con un toque de exhibicionismo halterofílico—, la aún portentosa musculatura de su cerebro, ineluctable cementerio de neuronas.

—Estoy que trino por dos razones —fue el primero y cauto zarpazo del poetón—. En realidad, se trata de dos antiguas llagas reacias a cicatrizar.

El otro, silencioso, sostuvo una mirada brillante, asombró cejas, su boca temblando imperceptible en el esfuerzo por dibujar una sonrisa comprensiva sobre una mueca burlona. Sus manos ablandaban suavemente un cigarrillo.

—Abro esta mañana el periódico y ¿qué es lo primero que encuentro? Pues un infame artículo sobre Pi i Torrendell donde unos señores se permiten volver a condenarle, ahora post mortem, a causa de su pasado como espía, delator, censor, ferviente admirador del fascismo, miserable, mugriento, gorrón, maleducado y responsable de numerosas muertes. ¿Es que acaso tales hechos, de todo punto circunstanciales, pueden anular su gigantesca estatura literaria digna de un premio Nobel, evanescer su innegable talento y convertirle en un apestado político-literario? ¡Iniquidad nausebunda y aterradora!

—Bueno, m'hijo —dijo el maestro con mansedumbre—, no olvides que el Nobel, al ser un premio político, no es garantía de nada. Además, como ocurrió al menos en el caso que tú y yo sabemos, también suelen otorgarlo en un vano intento de paliar la vergüenza de haber sido y el dolor de ya no ser, según dice el tango. Por otra parte y siguiendo tu discurso todo se puede justificar con un pequeño esfuerzo ¿no?

—No se trata de justificar sino de hacer justicia.

—Sí, seguro, pero el concepto de justicia cambia mucho con los tiempos, los gobiernos y las ideologías. Si es tiempo de milicos o si no lo es, por ejemplo. Marx le hizo justicia al provinciano Balssa por encima de su condición de hijo de un rastacuero, el advenedizo señor Honoré de Balzac. ¿Y qué decir de Borges que...

—Perdón, pero lo que pretende rescatar Marx es algo muy distinto a lo que yo considero realmente esencial de la obra balzaciana, que son sus buenas formas y no su contenido.

—¿Y qué decir de Borges?, decía. Porque uno podría llegar a comprender que aceptara condecoraciones de un asesino como Pinochet. Por pura vanidad, claro, y porque era un analfabeto político; pero me pregunto cómo un tipo de su sensibilidad y cultura pudo ser capaz de ir a un cuartel y soportar una arenga en la que un milico de segunda afirma —cito de memoria— «soldados, lean a Borges y aprenderán a hablar como militares».

El Maestro guardó silencio mientras encendía otro cigarrillo. Dio un lento, juicioso, sorbo al whisky y reflexionó con una sonrisa ladeada:

—En el pecado está la penitencia porque el pobre Georgie habrá tenido que madrugar mucho para ir a sufrir en ese acto de pundonorosos, supongo.

—Por favor, Maestro, eso no fue más allá de una travesura política de Borges. Algo que no cuenta en absoluto, pues lo único rescatable por lo valioso es la forma sublime de su obra, lo único que perdurará. Ambos lo sabemos muy bien. No nos llamemos a engaño porque ¿qué puede importarnos que un escritor acepte la condecoración de un genocida, haya ejercido de espía o de delator, de entregador de judíos a la Gestapo —como su admirado Céline—, que incluso haya sido un asesino, si me es permitido cambiar de disciplina, como su casi homónimo Benvenuto? La lista es larga, pero no seamos injustos con Genet al no incluirlo.

Todas esas historias no van más allá de lo anec-
dótico, *felix culpa!* diría San Agustín. Pecados
veniales, apenas unos hombres y sus circunstancias. Lo que finalmente los redime permanece en sus obras, en la sublime arquitectura de
las formas. Ésta es una regla sin excepción ya
que la belleza formal rescata del más absoluto
de los olvidos incluso a un par de turiferarios del
sátrapa del Caribe quienes, de no ser por las
buenas formas de sus obras, no serían merece-
dores del castigo de los dioses ni tan siquiera
del desprecio de los hombres.

El Maestro avanzó la cabeza como una
tortuga, miró al poetón a los ojos largo y ten-
dido y casi llegó a incorporarse mientras simu-
laba vociferar: «¡No se puede confiar en nai-
des!». Luego maulló tranquilo:

—A propósito: un semiconfiable calum-
niador me juró (cito casi textual por no empor-
car mi estilo) que, «en año tan lujurioso como
el sesenta y nueve, fuiste visto en La Habana
guitarreando para mulatas jaraneras».

—¡Hombre, es muy sencillo de explicar!
Hubo un tiempo en que casi todos fuimos cas-
tristas.

—Ah... Y, con el paso de los años, la madurez, ya dejamos de serlo.

—Así es. Hace tiempo que yo he apren-
dido a pensar con mi propia cabeza y a expre-

sar mis ideas con valentía. Eso a mí me valió que los revolucionarios obcecados contra toda evidencia, los sectarios, me tildaran de fascista, casi de nazi. Los he perdonado porque yo no soy rencoroso. Considero que yo tuve la fortuna de evolucionar y ellos no.

—Sí, que se sepa, todavía no llegaste a la categoría de chancho burgués. No me consta, al menos —dijo el Maestro, la cabeza inclinada hacia atrás, mirándole entre las rendijas de los párpados y el enroscado humear del cigarrillo.

—Haga usted el favor, Maestro: aparte de mí ese cáliz de ironía. Sé que usted es así, que tal es su talante, pero ni en broma pretenda embadurnarme de etiquetas que no me cuadran. Yo, ni siquiera tengo coche.

—Seguro, ya lo sé. Seguro que viniste haciendo aerobic y abrigando la gatita en tu seno. Decía no más; pura retórica. Sin embargo, sólo hay una alternativa: pa' la izquierda o pa' la derecha, como dijo un paisano. A mí me gusta el *rojo y negro* ¿y a ti?

—*Touché*. Yo diría que he comenzado a ser lo segundo.

—Cura, está claro que no. ¿Anarquista?

—No, todo lo contrario. Conservador, pero sin bastardía, sin vileza. He sido un izquierdista *light* y aspiro a ser un hombre de orden.

—El modelo cronológico clásico. Algo que, sin embargo, no se nota en tu último libro.

—¿Así que ya lo recibió?

—Sí; y con una dedicatoria demasiado generosa que, de todos modos, igual se agradece.

—Sólo refleja mi admiración, mis verdaderos sentimientos hacia usted, Maestro. En ella le entrego mi corazón en estado instantáneo.

—Será eso.

Durante unos momentos sólo se oyó el crepitar del celofán de un nuevo paquete de cigarrillos, el leve choque de la botella contra los vasos, el gorgoteo del alcohol, mientras que la calle estrepitosa luchaba por imponerse. Tiestes Megma rompió el falso silencio:

—¿Decía usted que eso no se nota en mi libro? Pues demuestra lo acertado de mi teoría acerca de la preeminencia de las formas sublimes sobre autores e ideologías.

—Dado que después de este infierno no hay otro, si no existirá nada ni nadie que nos absuelva o condene, ¿qué puede importarnos el haber sido santos o pecadores? Pero cambiemos este tema por otro más trascendente. Si yo fuera Dios —y en esta gloriosa Nochebuena podemos permitirnos fingir por un instante que, al menos uno de los tres de allá arriba podría encarnarse en cualquiera de nosotros—, en el supuesto caso de que hoy me tocara a mí el papel de Dios, digo, fijaría un plazo para los poetas. Una vez cumplido ese plazo y en habiéndose demostrado que Yo mismo o el Espíritu Santo hemos condenado al poeta a la mediocridad, un rayo misterioso destruiría toda su obra y sería obligado a no continuar.

—Agravio comparativo. ¿Únicamente a los poetas?

—Es un decir. Poetas y *ainda mais*. Y «demás ralea», diría don Pío. Pero, querido, esto no va contigo. No debes sentirte aludido. Tu libro goza de indulgencia plenaria y no será blanco de ese rayo.

—Elijo suponer que nuestra amistad no pesa para nada en esa indulgencia porque lo que honestamente deseo es una opinión sincera, auténtica, incluso despiadada. Antes la purificación del rayo que inmerecida loa.

—Desechado el rayo por voluntad divina, creo que sólo unas pocas criaturas tienen, en este burdel de Dios, la desgracia o la suerte de poder trocar en oro la mugre que nos rodea. Esto es un don o una condena que te convierte en persona única o irrepetible. Todos somos únicos, claro, pero hay unos pocos que son más únicos que los demás. Afirmar que tu libro es genial sería vano y presuntuoso porque eso sólo lo determina el paso del tiempo. Lo que sí puedo decirte es que posees un talento sin-

gular que se plasma, con maestría incompara-
ble, en la buena forma arquitectónica —Tiestes
Megma dixit— de tu libro. Una arquitectura
ornada de adjetivos que son como gemas, sin
mencionar otra maestría, un virtuosismo casi,
en el uso de punto y coma. Aclaremos al pasar
que éste no es en modo alguno un signo orto-
gráfico decimonónico, como algunos pretenden. Según lo que te iba diciendo, en el caso de
que tu tesis sobre la primacía de las buenas formas demuestre ser correcta, tu obra hará olvidar que fuiste un conservador privado... ¿cuál
era tu coartada? ¡Ah, sí...! Privado de bastardía
¿no? Lo que vendría a ser, sin duda, uno de los
indiscutibles milagros del arte. Lo formal *avant
toute chose et pour cela je préfère...* de momento, otro whisky.

—Maestro, sus palabras son prodigio-
sas y a un tiempo aterradoras. Su generosidad
me deja aterido. No obstante...

—¿No obstante?

—No obstante, sufro una segunda herida que no deja de sangrar y empaña mani-
fiestamente la ilusión con que acaba de obse-
quiarme. Esta herida hace que no pueda dejar
de sentirme embadurnado —si me permite
que lo exprese con una sinceridad que roza lo
brutal— por cierta inexplicable cerrazón de
injusticia por parte de usted hacia mí. Un nu-

barrón que se cierne obcecado sobre nuestra amistad.

El Maestro, sorprendido, le miró sin sorpresa. Se escudó tras un sorbo de whisky, encendió un cigarrillo en cámara lenta, formó un hociquillo trompetero, sopló el humo hacia el techo y permitió que la presencia estruendosa de la calle se desplomara entre ellos como una guillotina. Tiestes Megma tosió en el hueco de su puño y se abrazó una rodilla con la intención de remedar un daguerrotipo de Dostoievski. Miró al maestro con el típico aire de desafío de un gozque y ladró:

—Lejos de mí el mostrarme deliberadamente brutal, pero hay algo que me escuece desde hace una década y confieso que he venido decidido a zanjar el tema de una buena vez y para siempre. No soy rencoroso, pero ¿por qué me ignora sistemáticamente? ¿Por qué no me nombra en las innúmeras entrevistas de prensa que concede hasta el hastío? ¿Por qué sólo menciona en ellas a Gutiérrez Cansino, incluso al Pato Lucas —que es un facha de cuidado— sabiendo como sabe que fui yo quien hizo tanto o más que él, que todo ellos juntos, cuando usted llegó aquí con una mano atrás y otra adelante? Déjeme decirle que con su proceder incurre en una injusticia impropia de su talante próximo a la santidad.

—Hijo, como diría Conolly, no agrega nada a la virtud la carencia de vicios. Y es obvio que un santo sin tentaciones ni omisiones no sería funcional en el momento de producir milagros. Sería innocuo. Pido perdón humildemente y prometo con total formalidad mostrarme incansable en el empeño de mencionarte en todo futuro interviú.

El Maestro movió lentamente la cabeza, puso las cejas en arco y advirtió:

—Pero también yo tengo derecho a un «no obstante»: un francés, creo que se llamaba Victor o Hugo, dijo que la forma no es más que el fondo que aflora a la superficie y, si el fondo es mierda de alta pureza o calidad, imagínate tú, muchacho.

—Y aquí —continúa Franny—, palabras más, palabras menos, se acaba esta historia que, si te la conté, fue por ver si le encuentras algún sentido que a mí se me oculte. Pero deja que te explique por qué decidí abandonar al poetón. Fue así:

No bien regresamos a casa, la bulldog ladró:

—¿Te ha ido bien con el Maestro, cariño?

—Bien, cariñito, aunque temo haberle amargado la Nochebuena. Pero el hacerlo me era tan necesario como el aire para el sustento de un ave. Mis alas me lo pedían imperiosamente. ¡Ahora puedo volar, volver a ser libre sin esa losa oprimiéndome el pecho!

—A pesar de eso, ¿ha emitido una opinión favorable sobre tu libro?

—¿Favorable? Eso sería decir poco. No tuvo más remedio que reconocer, no podía hacer otra cosa que admitir el prodigio de sus formas. Elogió hasta los puntos y las comas.

—Cenamos ya, ¿te apetece Tiestito?

—No, aún es pronto. Aguarda, cariño, pues estoy inspirado. Ladró el poetón mientras yo me colaba tras él en su despacho. Una vez allí, no sé qué será eso de «inspirado», pero advertí que se sentía capaz de corretear por las paredes y con un culo de muy mal asiento. Regresó a la puerta, la entreabrió y ladró sin importarle si la bulldog oía o no: «Cariño, después hemos de analizar y discutir en profundidad sobre ese alejandrino sublime de autor anónimo y que tú descubriste en los archivos de la biblioteca. ¿Era *El día que me quieras no habrá más que armonía,* no?». Cerró tras de sí y se sentó a escribir.

Trepada en el empinado respaldo de su sillón de orejas alcancé a espiar los primeros versos. Decían algo así como

*Tu culo es más sonoro
que el* Guernica *y* El grito
...

Fue lo último que llegué a leer antes de enroscarme y dormir. Ya entonces había decidido venir a vivir contigo, no porque Tiestes Megma sea un miserable, sino porque es un pequeño miserable. Eso es todo.

Relato: MISS FRANNY
Interpretación y traducción libres: J.O.

Terapia intensiva

En aquel andurrial y para entonces, ese Rolls negro de súbita imagen agorera —parido por noche de aguacero— ostentaba calidad de aparición y rango de presagio. Titubeó, bamboleó la elegancia despistada de su densa estructura para detenerse abrumado, inerte y de perfil, contra los surtidores. Permaneció allí, distante y silencioso, a la espera de alguien capaz de perdonar sus huellas de barro sobre la explanada de cemento, dispuesto a presentar excusas por su impertinencia, lo intempestivo de la hora, el cúmulo de exabruptos indignos de un viejo mayordomo. Azotada por los relámpagos, su silueta emanaba un algo, un aura, una anunciación. Yo ignoraba de qué y no participé tal certeza a mis dos compañeros, los mecánicos.

Aun si omitimos su presunto significado, la presencia de un Rolls en aquellos páramos era, además y por sí misma, un acontecimiento prodigioso digno de exageración y aspaviento en El pobre canario. Y así fue: reunidos todos nosotros, los mecánicos, frente a tres copas y en torno a una cualquiera de sus mesas incrustadas de gris grasa, tratamos de contar la historia del gran automóvil mientras veíamos crecer el recelo o la indiferencia en los rostros huidizos y canallas que portaban los revendedores de ganado. No hubo suerte aunque todos nosotros, los mecánicos, de algún modo sabíamos que no se trataba —como creyeron los incrédulos— de una pobre invención narrada por tres idiotas y destinada a matar o dar vida a un domingo lluvioso.

Hubiéramos contado —de haber querido escucharnos alguno de aquellos pálidos, enrojecidos rostros— la historia de aquella noche en la que a Roberto le tocó montar guardia en El Bravo de la Tablada, la desolada estación de servicio donde el Chiqui y yo lo acompañábamos dentro de la caseta en la que se desplomaba una luz espesa y amarillenta. Decirles que, atentos al tranco tardo de las horas, exhumábamos anécdotas macabras esforzándonos en fingir que no era real lo imaginario para así rescatar, apenas, la sombra de una tenue valentía.

Propalar, por ejemplo, la frase que Roberto murmuró —no bien la lujosa bestia, hecha de negrura y destello en sus metales, desprendió de la oscuridad su mole artificiosa y sus faros pusieron en deslumbrante evidencia furiosos remolinos de aquella agua implacable que se llovía como desde siempre— murmuró, digo, al salir a su encuentro: «Llegó Al Capone».

«Capone —apuntó Chiqui a sus espaldas— vendría en Cadillac, pelotudo». Yo, ni mu porque, desde que aquella cosa abandonara la carretera en un amplio giro alterado por lentos, muelles bandazos y encandilándome con el reflejo de su chato parabrisas, quedé pasmado y me fue imposible discernir a sus tripulantes.

Permanecimos atentos, observando a Roberto desde la caseta que olía —por encima y por debajo del humo de tabaco y del siseo apestoso de la estufa— a grasa y monos sudados, a estopa sucia, sueño pospuesto y mate enervado. Desde ahí pudimos ver su gesticular aparatoso, ante una cabeza que sólo dejaba adivinar un perfil, su aceptación genuflexa de algo que una mano le tendía a través de la ventanilla y pude, me permití, suponerle abuso de esa sonrisa triste y despiadada que un hecho lejano —algo que nunca debió haber visto o soportado— había tatuado por siempre jamás en una esquina de su boca de húmedos labios afilados y simétricos donde un colmillo retobado, que le torcía el gesto, imponía el tic, la manía o la necesidad de una succión intermitente pero eterna. Fue entonces cuando su mano navegó entre la lluvia —brillante y flexible como un pez—

indicando curvas, desvíos, atajos, para terminar dibujando un saludo en el aire mojado.

Antiquísimo, el Rolls suspiró una efímera nube blanca, tosió y partió hacia la nada, las manchas rojas de sus estops multiplicadas por el infernal goterío, su cabeceante fiesta de luces peinando el aguacero. En el primer gran bache embicó solemne su diminuto mascarón de proa —especie de Tinkle Bell asesina—, fugó de la tormenta para desvanecerse definitivo tras el primer recodo, único punto de La Tablada desde donde el horizonte se permite insinuar, y aun prometer con un pálido resplandor lejano, auténticas luces ciudadanas.

Al perderse en la noche, la bestia negra concedió que la claridad mortecina filtrada desde El pobre canario llegara nuevamente hasta nosotros. Seguro que allí, en rito recurrente, los últimos borrachos estarían payando acompañados por el rasgueo de una escoba o dedicados a conjeturar, maliciosos, la dimensión que asumiría en la próxima feria, por fuerza y debido a tantísima agua, la falsa gordura del ganado.

—Eppursimuove y Desiertoviviente, dos señoritas momias copetudas a punto de caerse del mapa y pedir un cura para que Dios las coja confesadas o, pura y simplemente, que alguien las coja por amor de Dios —informó Roberto al regresar.

—No jodas —dijo Chiqui.

—No son jodas, son veracidades. ¡Ahí van sus tarjetas! —gritó y las hizo volar hasta el caos del escritorio. Con ese gesto clausuró, sin saberlo, la noche junto con el tema. Y aunque todos nosotros, los mecánicos, tratamos de alardear con la visita del Rolls, magnificar su trivial historia, la anécdota ya era un cadáver clamando por paz y olvido.

Ahora, cuando el tiempo que es loco y engaña —o yo mismo y mis recuerdos, que da igual— ha sido erosionado por el gris municipal que excretan los adultos congénitos o las víctimas de una prematura atrofia del timo; cuando tanto el tiempo como yo —que es lo mismo— hemos sido ultrajados por esa gentuza que concibe una sola verdad verdadera y da por cierto que la realidad supera la ficción ignorando que en el arte lo real no funciona por soso, increíble, indigerido, indigerible. Y estas gentes son así por su incapacidad de advertir que lo imaginario existe tan rotundo como un punch en el ojo. Por eso y contra ellos, necesito rescatar antiguos sucedidos, apenas simples anécdotas pero que ya son yo y me pertenecen al estar integradas, de tan viejas y sabidas, a mis entretelas.

Incluso ahora —creo que perdí el hilo y me repito pero no importa— cuando sé que el tiempo o mi historia, insisto, es un bandoneón que se curva, se estira o se comprime a capricho y nos obliga a aceptar como ciertos los baches y distorsiones de una memoria que comienza a carburar muy mal, siento gran placer y me divierte exhumar la historia que comenzó aquella noche con Rolls, humedad, vagas premoniciones. Esa noche en especial, con Rolls, Tinkle Bell y aguacero, que fue como un destino y, curiosamente, se empecinó en respetar o pasar por alto mi triste figura.

Ahora —aunque más exacto sería decir algo tan pedante, cursi, cantinflero y con cierto aire de tango como «en este preciso instante simultáneo al ayer»— regreso a la noche con Rolls y consecuencias, ante la provocación de una foto empecinada en no envejecer al diáfano amparo de un papel troquelado con nervaduras tela de araña. Una foto que, tras quince años de impresionada, permanece inmarcesible, como diría algún general al leer un discurso redactado por su digna esposa egresada de la escuela normal; algo demasiado normal en la pampa húmeda. Una foto que impone una pretendida actualidad sólo para —con su papel de doble peso, su brillo insolente y su sello de estudio caro— humillar al entrevero de instantáneas arqueadas, vencidas cartulinas con imágenes muertas, que la rodean en amarilleante, crujiente oleaje a punto de desbordar el cajón de mi escritorio.

Es una foto que muestra, plasma, hace figurar o aparecer a Roberto y Chiqui y, varias veces maligna, delata el fracasado esfuerzo de los mecánicos por adulterar dimensiones en pechos y estaturas, el escándalo de sus cuerpos ante el insólito interior de sedas, chaqués y pantalones listados; sonrisas instaladas entre el plastrón y, respectivamente, una cabellera en copete ostentoso y un cráneo raso, ambos relamidos por un ejército de vacas. Ambos a dos conjuntamente, atrapados entre un par de consortes emboscadas tras el muaré de tules superpuestos.

La tristeza de esta foto miserable, que congela el instante en que Roberto pasó a llamarse Roby, me salta a la cara con la pretensión de convencerme de que lo presentido, o apenas entrevisto aquella noche con Rolls y vetustas damas, resultó superado por sobredosis de una realidad inverosímil. Fue esa foto lujosa la que vino a joderme la paciencia desde las profundidades del mar de instantáneas. Por alguna razón, la verdadera historia que se oculta tras la impertinencia de esa imagen parece obligarme a no dejar de contar lo que escribo o a escribir lo que cuento, a recomponer el mosaico completo con las piezas que contengan mayor significado, a que mi memoria no quede paralizada en la noche de autos, como diría un forense sin saber que todo comenzó con un singular coche negro perdido en la oscuridad y la lluvia.

Por tal razón o desafío me veo condenado a esta especie de rescate, los chicos de Villa Freud dirían *catarsis,* a ir de pesca a través del tiempo. Recorro el espinel y compruebo, aquí y allá, en qué anzuelo hay captura, la justiprecio antes de rescatarla o no del pasado. Apenas si soy «un mecánico frustrado venido a más», como solía decirme Roberto, algo que a mí nunca me molestó porque siempre supe lo que soy y, además, no me importa. Espero, sin embargo, que mi falta de oficio y lo esperpéntico de esa fotografía no me confundan; ni lo deshilvanado del relato, en particular su mezcolanza de formas y cambios de tranco, ahuyenten a los buscados aunque más que improbables lectores. Pese a esto, soy precavido, me escudo bajo las magistrales barbas que grabó Leonardo en su autorretrato y esgrimo una de sus sentencias: «Creemos que es un triste maestro aquel que sólo tiene un estilo». Ojo: digo maestro en el sentido de artesano, como sin duda lo aplicaría el citado marciano parido en Vinci.

En el supuesto de haber cubierto mi retaguardia aunque —admito— no sin una dosis cuando menos homeopatética de pretendida modestia, puedo permitirme repescar, incluso inventarme, un domingo de esos que no invitan a meterse en un cine ni a ir al café ni al fútbol; un domingo cualquiera pero de esos en los que nadie sabe dónde refugiarse salvo, si no es imbécil o eunocoide, entre los muslos de la mujer amada. Adivino y afirmo que fue en uno de esos domingos con horizonte de ahogados y aptos para la náusea cuando una de aquellas tarjetas, deslizadas desde el Rolls con aviesa y rijosa intención, apareció —no sé por qué milagro pero lo sospecho— en el fondo y entre la pelusa de algún bolsillo del todavía llamado Roberto. Estoy dispuesto a jurar con la mano sobre cualquier buen libro de cuentos fantásticos que todo lo que encerraba aquella noche de aguacero se activó aquel domingo de naufragio como un frankenstein cualquiera simplemente porque Roberto carecía de cualquier tipo de mujer, de cualquier tipo de muslos o ancas de rana y no había prostíbulo en La Tablada. Tan descarnada realidad fue sin duda lo que dio impulso a una incursión a los altos barrios de la que fui excluido por algún motivo que ignoro o no quiero aceptar.

Tanto da que la intención de aquel asalto haya sido predatoria o sólo persiguiera una diversión infame y maliciosa, pero imagino que él y Chiqui habrán tomado en préstamo algún coche de El Bravo presentándose de sopetón en la residencia de aquellas lagartas descocadas.

Seguro que llamaron a la puerta y un lacayo o mayordomo, que los habrá catalogado desde arriba del pedestal y del caballo, les diría que ahí no se había solicitado ningún tipo de reparación o servicio y que, al retirarse, tuvieran cuidado con el perro. Habrá elevado el mentón y las cejas antes de dar un portazo ni muy muy ni tan tan, sino justo a la medida de las circunstancias. Resulta obvio que todavía no conocía a ese sujeto que por aquel entonces respondía al nombre de Roberto.

Y no renuncio a conjeturar con regocijo que Chiqui pretendió encabezar la retirada pero su compañero volvió a llamar y —cuando el sirviente abrió decidido a soltar los perros, la alarma o la policía, tanto da— le metió la tarjeta bajo las narices, un pie en el vano, estrujó una solapa. El hombre que, según pude luego comprobar, era muy delicado de cara y que, seguramente, perdía aceite, cedió a la persuasión y se retiró para comunicar a sus amas que tenían visita.

Elijo suponer que si fui excluido de aquella primera incursión y de todas las que sin duda la habrán sucedido —hecho que me deja huérfano de datos sobre el proceso que desembocó en esa patética foto— fue debido a que por ese entonces yo había dejado El Bravo, mudado de casa y entrado a estudiar en un colegio nocturno. Recuerdo que, por ese entonces, leí un aviso por palabras que decía «POETA excelso escribe sonetos, madrigales, elegías, églogas y libros de toda clase y de derecho puro. Enseño. Inf. 33-7891» y comencé a tomar lecciones una vez a la semana en ese taller literario cuyo mentor resultó ser el notable prosista y poeta Tomassi Cismossi. Nombre que resultaba un tanto chocante cuando uno se enfrentaba a su portador, un chino con dientes de conejo. Pese a mi deserción o herejía, no por eso todos ellos —los auténticos mecánicos— se iban a privar del placer añadido que significaba invitarme a la boda. Hacerme ver que —si bien yo no dejaba de ser una pobre rata— ellos, los mecánicos, no olvidaban a un antiguo camarada que les había echado al abandono.

Creo innecesario aclarar que nosotros tres, los mecánicos y yo, éramos sapos de muy distintos pozos. Siempre había creído que Roberto tramaba adueñarse de El Bravo mediante un ardid que no llegó a ajustar y poner a punto. Aunque aspiraba a más, no dejaba de rascarles el lomo y otras topografías a las hijas —medio brutas, desteñidas y futuras gordas— del dueño de la estación o de otros comerciantes prósperos y especialmente a Cinthia quien, a su atractivo de ser la única heredera del supermercado local, sumaba el de haber sido elegida por aquellos años Diosa Nacional del Ternero. En cuanto a Chiqui —siempre lo llamamos así aunque nos referíamos a él como El Pelado por su tipo de calva que recordaba la cabeza de un zopilote— no era más que una rueda loca incapaz de funcionar sin tener como motor el cinismo de Roberto. Yo renuncio a definirme.

Fue y no fue impensable que todos nosotros —yo y los mecánicos— llegáramos a reunirnos en aquel lugar, el gran salón del palacete. No es de sorprender que, acostumbrados al trato brusco de los transportistas de ganado, al aroma que desprendía el maderamen de sus camiones impregnado de bosta y orines, apoyáramos un codo vacilante sobre aquel piano interminable o nos sonrojáramos en torno a una mueca de sonrisa al derramar en las alfombras, sobre su maraña de arabescos preceptivamente abstemios, el doble descubrimiento del champán y de la náusea que nos desencadenaba en el estómago.

Al mismo tiempo no dejaba de ser irónico que nosotros, los que en el Club Social y Deportivo Amigos de la Tablada habíamos frecuentado a tipos ingenuamente astutos, siempre de paso y recelosos —náufragos en esa cataplasma inconmensurable y verdosa que llaman pampa húmeda—, seudogringos, rubicundos tripulantes de camionetas o coches polvorientos, perros del perro de los perros precedidos de ostentosas barrigas ceñidas por cinturones con rotundas hebillas de plata y en los que suponían portar inadvertidos los fajos de billetes para sus trapicheos ganaderos. Que tan luego nosotros —digo— nos encontráramos, sin llegar entonces a saberlo, en una de las múltiples madrigueras de aquellos —los chupópteros universales o cagadores genéticos— que movían, habían movido y moverán a capricho y por generaciones las piezas menores en el tablero de la economía y la política. Jugando eternamente al ajedrez con las sucesivas camadas de idénticos peones rubicundos, expertos en astucias menores y desdeñables, con los espadones de turno y, por cierto, con todos nosotros, los mecánicos, para sacrificarnos en salvaguardia y beneficio de reyes, reinas, obispos o para ser jugados a las meras patas de los tungos.

No invento; recuerdo. Fui el último en llegar a la boda. Es que me había costado reunir coraje para presentarme con mi único traje cuyas costuras amenazaban soltar amarras allí donde la tela me ceñía el lomo y los bíceps, pues era de tiempos anteriores a mi tarea de cargar ruedas y cambiar neumáticos. Más que un traje era el vestigio de un pretendido, efímero lujo pobretón que cualquier muchacho hubiera podido darse —o cualquier pariente de La Tablada regalarle— a modo de gratificación por haber salido de la milicia o de la cárcel. En suma, era una cosa casi amorfa de tela fatigada y tenía todo el aspecto de haber sido adquirida con los últimos ahorros robados a una madre viuda. De modo que entré al palacete totalmente intimidado y tardío, encogido dentro de las entretelas de aquel trapo con pana y sin gloria.

Pálidas aún, las estrellas continuaban horadando el futuro en aquel cielo de verano cuando ese tren que corre junto al río me abandonó en una estación llamada Borges. A mi derecha sonaba el lambeteo de las aguas y a mi izquierda un escándalo de grillos y batracios. No tenía muy clara la ubicación del palacete de las señoritas momias pero sólo había un camino que partía tierra adentro y lo seguí. A unos cien metros alcancé una carretera y, tras cruzarla, una zona residencial con perros que embestían alambradas cubriéndome de improperios. A medida que empezaba a orientarme mediante intuición frontal respecto al paradero de la casa, se borraba el día y crecía el aroma a tierra mojada y césped recién cortado. Al otro lado de la calle un jardín demasiado luminoso y, al fondo, una terraza ruidosa delataban festejo. El lugar coincidía con mi intuición y datos imprecisos, pero me desconcertaba la escasez de automóviles caros.

Superé sin embargo la gran cancela entornada, penetré en el aroma de la savia y la resina, avancé bajo la frescura vegetal burlada por el artificio de una iluminación histriónica. Escuchada desde fuera, la incesante reverberación con fondo de murmullo y percusiones —ese vulgar sonido a reunión con copas y bandejas— era comparable a un fuerte chaparrón azotado por el viento. Iba y venía, se elevaba sólo para caer y chocar contra sí misma; amagaba extinguirse para permitir tintineos y voces aisladas delatadas en grito pero, apenas replegada, volvía en furioso estallido. No nacía en la terraza, como había supuesto: brotaba de las ventanas, ascendía girando en la noche para precipitarse, ya rocío seco o caspa vegetal, sobre los canteros, las asombradas, temblorosas copas de los árboles.

Entré, me planté junto a una arcada y observé el espectáculo. Era un espacio enorme, sucio de confusión y recelos tal como debe haber sido el salón de fiestas del *Titanic* al inicio del naufragio. La cantidad de invitados resultó ser muy inferior a la intensidad del vocerío

—«las clases bajas son sordas», me había dicho cierta vez uno de esos seudogringos de cara colorada— y al golpeteo y arrastre de sus zapatos que deambulaban en un baile ahora sin música. Estuve a punto de saltar de la timidez a la risa, pero elegí el asombro porque allí estábamos todos nosotros o casi. Quiero decir que no sólo todos nosotros, los mecánicos, sino los hijos y entenados de los notables, el sector juvenil del puñado de familias de pro del Club Social de la Tablada. La Diosa Nacional del Ternero de aquel año infausto iba de esplendorosa, revoloteaba de un grupo a otro en un mírame y no me toques, arropada en organdí abrumado por cataratas de frunces.

Al fondo, a la derecha y detrás de la —para ellas— pijotera barbarie, dos bultos blancos de ilusión, de raso y encaje, erguidos y desafiantes sobre sillones rematados por piñas o bellotas y rosas doradas, eludían con tesón el acabóse, manoteaban sus reservas de anticuada dignidad. Del salón en el ángulo oscuro, se camuflaba una dama de luto.

Di un paso hacia adelante y otro a la derecha, repartí inclinaciones de cabeza a la bartola, apuntando al montón más que a la persona, cuando un señor delicado de cara me ofreció una bandeja con copas de champán. Acepté una, eludí una agresión por el flanco de una formación de canapés cargados de lo que tomé por perdigones o huevos de sapo y mi espalda buscó algo sólido donde apoyarse que resultó ser la seda de las paredes.

Sentí en los omóplatos el tenue crujido de la tela y cómo se precipitaban granos de revoque o escamas de cola, entre ella y el muro, en una caída libre de innumerables milímetros. Miré hacia arriba y percibí un aire penumbroso creado por humo de tabaco más el encandilamiento de una gran araña adornada con condones inflados y a medio desinflar que —cada vez más flácidos, ondulados y fálicos— iban revelando, paulatinos, su auténtico diseño. Pero la lujosa araña, algo torcida, y sus ornamentos sólo hubieran hecho reflexionar a Orlando, el hijo del carpintero, que estaba «en falsa escuadra», de no ser que en ese preciso instante se precipitaba sobre el piano decidido a ser el alma de la fiesta. Alguien, seguramente el delicado de cara, le había echado llave, pero Orlando no fue notificado, así que forzó la tapa con un estallido de maderas seguido de tal silencio que permitió oír el pianísimo, grave estremecimiento de las cuerdas mayores. Paseó una vaga sonrisa sin destinatario, macerada en alcohol, y se lanzó a meter ruido. Un grupo de cuatro o cinco aulló cuatro o cinco diferentes canciones a un tiempo. Desaforados perros bajo la luna. Los apagó el desconcierto. Orlando explicó «Es que está desafinado» y hubo una risotada total. Alguien gritó que volvieran a poner «la vitrola o algo» y regresaron las voces, el baile sin música de zapatos con barro y bosta en las suelas.

Cuando volvió a sonar la raspa, un cha-chachá, un calipso, no importa ni recuerdo, despegué mi espalda de la seda y fui apartando sombras, demasiado frecuentes y escandalosas, para saludar a los novios. Las miradas de las dos gorgonas de blanco y de la medusa de negro, indudablemente la testigo, la espía o la jefa de esa especie de safari, nos convertían en una tribu danzante en torno a un elefante Pleyel.

Aunque siempre fui un gran bebedor y sigo siéndolo, sólo había tomado una copa y obtenido a cambio el eco de una náusea, pero percibía la escena como un montaje fotográfico en el que todos nosotros, los Amigos de la Tablada, aparecíamos en blanco y negro, oscurecidos frente a las novias, a Roby y a Chiqui —o tal vez él también tramutado en Chiky— e incluso la dama de luto, figuras que alucinaban con su colorido. Nosotros tres, ahora ya fantasmas de mecánicos, nos abrazamos, raspamos una contra otra nuestras barbas de pocas horas, nos curtimos el lomo a palmotazos.

—Vení, que te la presento. No sé si te acordarás pero la mía es Desiertoviviente o Astrid, como prefieras —sonrió Roby y aclaró—. Yo, cariñosamente, la llamo Desy.

Notó mi incomodidad y dijo: «Vamos, no te cortés. Esta farsa durará poco». Se equivocaba.

[Sí, Roby meaba fuera del tarro porque ahora sé que esta historia tuvo un final con moraleja irónica y mi propósito fue escribir sobre ella pero me perdí, me dejé llevar por las palabras y aquí estoy, empantanado en medio de un texto que no va a ninguna parte. ¿Qué diría mi maestro chino?

Los hechos que hubiera querido narrar fueron así de empalagosos y amargos: Chiqui o Chiky se apiadó de Eppursimuove, cuidó de ella con verdadero fervor y enviudó a los seis meses. En cambio Roby aspiró desde un principio a lograr idéntico estado civil aplicando lo que llamó «terapia intensiva» consistente en pasear a Desy en descapotable a través de la veta más cruel de los peores inviernos, llevándola a discotecas noche tras noche, mucha bebida fuerte y restaurantes de platos donde abundaban la raíz de caballo y el curry de Madrás, trasnochadas, juergas con abundancia de hierba y, sobre todo, haciéndole el amor a lo bestia. Huelga decir que Desy renació y, hasta el día de hoy,

Roby espera una herencia que, según parece, no llegará nunca. Pero, para mí, esta historia terminó de pronto por convertirse en algo chirle, en un material innavegable, carente de calado al igual que estos párrafos que no son más que una desdeñable arruga en el bandoneón de este tiempo tramutado en relato.]

Bueno, sucedió que vino Roberto y me dijo: «Vamos, no te cortés. Esta farsa durará poco». Aunque supuse que jamás llegaría a saber a cuál de los dos nombres debería adjudicárselo, por fin iba a conocer el verdadero rostro del desdibujado perfil que aquella noche había asomado del coche fantasma, el mismo rostro del que el muaré de tules se apiadaría en la foto que ahora —mucho tiempo después— yo habría de contemplar consternado. Para enfrentar la vera imagen de las ya señoras momias elegí la objetividad. A primera vista, tanto Desy como Etelvina, la flamante consorte de Chiky —apenas si lo sé con certeza—, resultaron ser dos señoras muy bien conservadas y mejor sustentadas por la opulencia durante toda una prolongada vida. En consecuencia, a pesar de ser evidente que estaban excedidas en cuartos de siglo y en cuartos traseros, a primera vista sus máscaras recauchutadas por cotizados expertos brasileños podían hacerlas pasar por mujeres de sólo treinta años que hubieran sido azotadas por despiadada miseria. Agradable cada una en su estilo, la robusta Etelvina, o Eppursimuove, supuse, y la etérea Desy irradiaban una felicidad recatada que las mostraba más pimpantes que cualquier abuela primeriza. Es que sus rostros estaban barnizados por el amor y/o el reanudado fluir de ciertas hormonas. Una segunda mirada más allá de las máscaras revelaba en Etelvina a una matrona biliosa, hincada y derramada en su asiento como un cabo de cirio en una palmatoria; junto a ella, Desy era apenas una estructura de alambre oxidado envuelta en gasa y que arriesgaría ser arrebatada por la brisa de no ser por su gran culo incongruente. Parecían más momificadas que ahora en la foto: negadoras y huecas, ajenas, clausuradas a la gentuza circundante.

Tras importunarlas con mis torpes saludos y falsas congratulaciones, la casualidad, las circunstancias y Roby que me empujó con un codazo, quisieron que fuera a dar sobre una silla junto a la dama de negro. Pese a mostrarse entre azorada y compungida por la fauna tabladeña, sus ojos policiales no perdían detalle de la horda que se sacudía, aullaba, rompía, ensuciaba y quemaba alfombras y muebles de maderas preciosas con la brasa de sus cigarros malolientes.

Escribí «horda» pero es injusto; lo hice
únicamente para marcar un contraste, por des-
cribir la escena con mirada de medusa. Mis pai-
sanos se movían y actuaban como yo mismo lo
había hecho en los bailongos del Club. Una forma desinhibida de movernos en nuestro paisaje
sin límites porque la pampa húmeda, entre sus
pocas virtudes, ostenta —tal vez por carecer de
rincones— las de ser óptima para la cría de vacas comestibles, payadores desafinados y paisa-
nos dicharacheros, gesticulantes o empilchados
de hosquedad. Vale decir que no aprieta en las
sisas, como lo hizo durante toda aquella noche
mi traje barato y fatigado. Además, su desmesurada alfombra verde sólo se quema en par-
ches por la sequía o la helada. Lo que ocurría
en realidad era que los tabladeños —como yo
mismo— no casaban con el decorado. Eran la
representación en vivo y en directo de dos elementos incompatibles, la vera imagen de ese dicho que habla de un elefante en un bazar. Así
éramos todos nosotros, los tabladeños, salvo Roberto desde que pasó a llamarse Roby.

La dama de negro, especie de medusa
hierática y nefasta como su homóloga de picas,
miraba sin comprender. Con sólo advertir el
pasmo que la dominaba comprendí que jamás
había imaginado ni tenido noticia alguna que
la indujera a suponer —no ya a aceptar— la

hipotética existencia sobre el planeta Tierra de seres como nosotros. Sin embargo, ante la evidencia, se veía forzada a concedernos la categoría de humanoides.

—Linda fiesta —le dije.

—Oh, sí. Gustar, gustar mucho. Alegre, ¿comprende? Muy mucho alegre. ¿Contento usted? —respondió con evidente esfuerzo y mirando al vacío.

—Cómo no voy a estarlo. Se casan dos de mis compañeros y deseo que sean felices. ¿Y usted? ¿Las novias son también compañeras suyas?

—No compañeras. ¿Comprende? Misma familia, si es que me hago entender. Yo, mucho aprecio por ellas.

—Una familia no muy numerosa, supongo.

—Pero, no; perdone. Equivocado: gran familia; rancia familia. ¿Sabe lo que quiero decir?

—¿Usted ser extranjera? ¿Gringa, quizás?

Lanzándome por única vez a los ojos una mirada fulminante, me dejó fuera de combate con este directo a la mandíbula:

—Criolla y patricia. ¿Es que no entendés el castellano, negro infeliz de mierda?

El espectro de la rosa

Todo permitía suponer que aquel hombre imponente y cetrino, en algún momento del ritual y en obediencia a sensatas reglas de su locura, terminaría degollándolo. Curiosamente, el simple detalle de que el gigante ostentara —incrustada, semicolgante y ladeada— una sonrisa perenne con rabia y desesperación emboscadas tras modales de excedida cortesía era, para el Impostor y presunta víctima, lo realmente fatal o decisivo.

El hombre excesivo, acuclillado junto a la silla ocupada por el Impostor, le sacaba una cabeza mientras lo alentaba a seguir empeñado en una interminable, trabajosa masticación. Un antiguo sufrimiento larvado, que afloraba como sarcasmo y ofuscación, había depravado la natural ternura del gigante que no cesaba de blandir un cuchillo ya olvidado —más que prótesis, injerto— en el extremo del brazo y que había utilizado para ejecutar con destreza de virtuoso y encanallada consagración, la cirugía estética de una vagina de vaca hasta conferirle apariencia de apetecible churrasco.

Permanecían en la vasta cocina de una estancia perdida en un mar de trigo comatoso y el gigante mantenía, comedido, la carne correosa al rescoldo sobre la plancha de hierro del fogón, mientras obligaba al Impostor a masticar cada bocado hasta la resignación y el fracaso.

Reo de perimidas fechorías, el Impostor acaso sospechara ser víctima de un improbable caso de justicia divina o de la demasiado frecuente e implacable injusticia cotidiana llevada al absurdo. Cada vez comprendía menos su situación a medida que tragaba enteros bocado tras bocado desahuciándolos de su boca, absolviéndolos de una masticación impotente. Él sólo había llegado a la ruinosa estancia del gigante para intentar renovarle el seguro para cosechas, a nombre de Lisandro Cabranes, y se consideraba libre de toda culpa. Sin embargo, admitía haber pasado en el pueblo cercano dos noches locas, un par de días de trabajo perdidos. Le constaba sin embargo que, mientras avanzaba hacia el casco en su bestia negra —un tílburi que era su espanto y su némesis, impuesto por la empresa para la que hacía corretajes—, había comprobado que la cosecha estaba perdida y oscilaba entre una duda misericordiosa y la casi certeza de que llegaba tarde para evitar el vencimiento de la póliza y renovarla.

Pasmado, los maseteros más y más cercanos al calambre y el tétanos, el Impostor buscó refugio, puso su mente en fuga y se topó con el estallido más ingrato de su memoria: el de aquella tremenda imagen de infancia inducida, ingenua y maliciosamente, por su abuela venida del norte. Cierto que hubo un tiempo en que se convenció de que aquella imagen no podría concretarse jamás por componerse de elementos muy ajenos a él y porque la lejanía los tornaba inofensivos. Salvo que siempre resultaron ser para el Impostor tan insidiosos como ahora la torcida sonrisa del gigante emboscada en sus modales irreprochables. Imágenes temidas que reincidían y perduraban tal vez porque tras ellas, como tras la cuchilla enarbolada en aquella ruinosa estancia, se anunciaba una amenaza.

Cuando amenazaba una tormenta, sucede, sucedió, que siempre para la abuelita era octubre y ella cuenta, contó el sucedido, repite y repitió persistente que

cuando aquellas enormes trompas sin elefante, aquellos embudos que giraban hacia el cielo, dejaban ver su aterrador torbellino o, si llovían peces, allá en el norte siempre era octubre. Los costeños tomábamos precauciones tan vanas y esperanzadas como un rezo ante la embestida de esas bestias celestiales hechas de aire, maldad, polvo y agua. Porque la cosa era fatal y al que le tocaba, le tocaba y basta y adiós. Pequeñica como tú, miniño, pude ver lo que vi y vivir para contar lo que cuento. Hallábame yo cierto día en la finca de la loma, donde tío Mongo estaba huido, cuando vi lo que vi y, así como lo vi, dejé de verlo allá en la lejanía del llano. Ay, miniño, si vieras qué chow de lo visto y no visto para mi exclusiva contemplación. Triste, privilegiada, la carne hecha de gallina, pude ver y no ver con estos mismiticos ojos, cómo la abusona, tragona y todopoderosa trompa de la tromba borraba del mundo de acá al juez con todo y su birlocho —al que los gringos llamaban «tilbeuri» por purito capricho, puritas ganas de fastidiar— y mismo tratamiento tuvieron el sargento y su caballo: nada por aquí, nada por allá. Mira que esas trompas infernales no tienen compasión alguna: si hasta se jamó a un perrito lanudo que trató de achatarse, de hacerse sombra y sombra se hizo pues, qué tú quiere miniño, cuando arrecia la salazón ya no deja de caerle comején al palo. Los sujetos lindamente esfumados venían por Mongo y el diablo o un gran golpe de la mano de Dios desapareciólos con todito y aparejos, órdenes de captura, esas vainas. En cuanto a mí, con ser tan mala niña y traviesa, ni un pelo me tocó el monstruo. Tal vez resulte ser que algunos rezos no son tan vanos, miniño. Todo depende del poder del Santo que te proteje.

Como la apagada lluvia o llanto de alivio que cae una vez pasada la tromba, sobreviene ahora en la memoria del Impostor —que no cesa de huir en flashback— una primavera imprevista y precoz cuya osadía obliga a creer en imposibles.

Está sentado frente al ventanal de un bar y consume su ocio justipreciando minifalderas en flor. Vienen y van, luciendo la insinuación de sus diversas, celestiales esferas, algunas pequeñas, dispuestas a una eventual prospección o ya superexplotadas en diversos yacimientos. Su cabeza y su vista campanean a diestro y siniestro ante ese lentísimo, distorsionado, heteróclito partido de tenis abusivo en tiernos, tibios, perfumados balones.

Llegada la segunda cerveza, una niña súbita y simultánea se corporiza a un costado de la mesa. Mira el platillo con los maníes. Es entonces cuando el futuro Impostor padece dos revelaciones: que la espuma flotante sobre el líquido rubio es lo contrario del vapor que se condensa en torno al cilindro de cristal y que él es el elegido para trasmutar la miseria en opulencia en beneficio propio.

Con un gesto muy vago permite que la niña acceda a los maníes y le ordena un refresco. Finge indiferencia pero la observa sigiloso: unos tenues siete años, cabellera cobriza, ojos de uva clara, picante y dulce sonrisa como mermelada de gengibre. «Buena chica», justiprecia mirando directamente por primera vez su cuerpo tierno, flexible, suave, muy suave y prolongado que huele a rodilla limpia y al cedro de las virutas de lápiz. Es lo que necesita para concretar una idea nacida esta mañana con la lectura del obituario. Ella, su llegada desde ninguna parte, es una enviada del cielo: significa que el destino le da carta blanca.

De modo que salen juntos al murmullo del viento que, empapado de río, acaricia las sorprendidas yemas de los plátanos apenas desperezadas, aún cóncavas, pobladas por profusa pelusa plateada.

Es el comienzo de una falsa amistad entre este personaje —que en un futuro incierto será conocido bajo nombres apócrifos tales como Patricio Jurado, el Pato Jurado, simplemente el Pato o Félix el Impostor, hasta este momento apenas con la impostura *in pectore*— y Mandi, la niña intangible traída o concebida por el vendaval y parida por la fortuna.

Se alejan. Él, sobre largos pasos desgarbados y ella con ingrávidos, breves saltos de gorrión.

Pero Félix el Impostor —ruinoso, calvo vergonzante y mediocre vendedor de seguros para las cosechas— no cesaba de masticar en aquella perdida estancia llamada La Lata, persuadido por el gigante y su filosa prolongación de acero. Porfiaba en navegar por la memoria, evadirse y rescatar las artimañas que utilizara para engatusar a la dueña de la pensión hasta lograr que le concediera un préstamo y acogiera a la niña por una noche.

En esta mañana anterior y simultánea, Mandi viste ropas nuevas, limpias y baratas —pretendido uniforme o disfraz de pobre pero honrada— y sube por primera vez a un tren acompañada por él, Patricio Jurado, portador a su vez de portafolios, pajarita y, a falta de panamá, un remedo de canotié, un rancho de paja tieso y denigrado por exceso de barniz barato, elementos que estima necesarios para mostrar una imagen convincente de joven abogado emprendedor aunque recientemente graduado, según le consta o afirma.

En este día nonato, que promete luminosidad y aire alborotado, penetran en el carcomido boato de la Estación Sur y parten tras una locomotora de juguete que los deposita cinco horas después en un apeadero —garabato nada convincente de estación británica— castigado por un sol que comienza a imponer respeto.

El Impostor superó una náusea, deglutió y vio en una ráfaga a un hombre en camisa, manguitos de lustrina y visera negra de hule, que abate dos banderines, uno rojo y otro verde, mientras observa, la boca abierta para el jadeo como perro sudador, a la niña y al forastero.

Lo que hubiera tenido que suceder a continuación, no ocurrió. El navegante amputó —se hurtó a sí mismo— un interminable y aterrador viaje en tílburi o birlocho. Tanto el Patricio Jurado de ayer como el Impostor del mañana se estremecen a un tiempo, intentaron, intentan tragar con dificultad semejante sapo, cierran los ojos para no ver ni sentir. No visto y no visto, porque quien lo hereda no lo roba.

En el salón casi una multitud o una tribu, los rostros vueltos hacia él, lo miran. Más que pasmados, deudos y clientela de doña Rosaura Anchoriz Cabranes Lepijo y Obes no dejan de mirarlo. Lo observan y analizan. Todos y cada uno no dejan de mirarlo pasmados, paralizados de estupor, nauseabundo desprecio. Acaban de escuchar lo que él, Patricio Jurado, planteó suficiente y frívolo a un auditorio compuesto, según subestima y se equivoca, de obtusos patanes muy de tierra adentro.

—Pero, miren qué tupé —exclama una señora gorda.

—Callesé, vieja cascaruda —le ordena un hombre fornido y colorado, rotundo lobanillo en la frente, mejillas repujadas en minúsculos cráteres, mostachos de rigor.

Ese hombre colorado, disfrazado de gaucho como un guitarrero de Gardel, que afirma llamarse Frutos y ser el apoderado, echa a toda la concurrencia.

Aparte del señor autoritario, el presunto soplacausas Patricio Jurado y Mandi, en el salón sólo quedan muebles macizos deliberadamente rústicos en contraste con un ostentoso cíclope con esfera de Sèvres que pendulea con amodorrado tictac y unos sillones rococó salpicados sobre alfombras de pieles de Aberdeen-Angus, peludas y chatas como vacas deshidratadas.

El hombre colorado, autoritario y rudo petrifica el ceño, dispara el gatillazo de un desdeñoso «Usté» mientras apunta al Pato con un dedo obsceno.

—Usté —repite y ladra—, ¿me ve cara de zonzo? ¿De pajuerano bruto o qué? ¿Que qué demonios se ha creído, quiero decir, para venir a mancillar la inmaculada honra de la finada señorita doña Rosaura Anchoriz, que Dios la tenga en Su Santa Gloria? Si no fuera tan afrentoso, sería cosa de risa. ¿Pesca el matiz?

—Pesco —aploma impertérrito Patricio Jurado—. Pesco y escucho ofertas. Soy dialéctico, estimado don Frutos.

—Qué estimado ni dialéctico ni un carajo, déjese de jodiendas, so lechuguino soplacausas. ¿Tan luego a mí va a embrollarme? Tengo muchas leguas recorridas a mis espaldas, eso que ustedes, los urbanitas, llaman rodaje, horas de vuelo, qué sé yo qué amaneramientos emplean para decir eso: leguas de a caballo. Por eso, no me venga con cuchufletas. Sólo admito pruebas —que ya sabemos todos que son imposibles, que no pueden existir— o váyase con viento fresco en este mismo instante. Esfúmese, o sea.

El hombre colorado está granate, congestionado como si sus muchas leguas las hubiera recorrido con el caballo a cuestas y recién ahora acusara los efectos.

—¿Quiere prueba más irrefutable que ésta? Es lo que en lenguaje forense denominamos *habeas corpus ad subjiciendum* —dice Patricio Jurado elevando las cejas hasta la coronilla al tiempo que señala a Mandi hundida en un sillón y molesta por no comprender nada de lo que pasa ni cuál es su papel, si es que tiene alguno.

—Váyase a la mierda y no diga barbaridades. ¿Quiere hacerme tragar que una mujer fallecida a los 86 años y además señorita —ponga especial atención en este pequeño detalle porque allá en la ciudad no existe tal cosa—, que una anciana sin mácula puede ser madre de este renacuajo? Hágame el favor: un respeto a mi inteligencia.

—Muy bien. Llegamos a una compensación razonable o vamos a un juicio sucesorio que, usted bien sabe, puede prolongarse *ad infinitum* y, en lo que respecta a mi voluntad y, con licencia, *ad libitum,* muy señor mío —conmina Patricio Jurado profundamente satisfecho de sus dudosos latinajos y con la difusa esperanza de haber dejado grogui a su contrincante.

El hombre fornido, rudo, autoritario, colorado y disfrazado de gaucho se escopetea de su asiento y camina en un ida y vuelta de fiera enjaulada. Emite sonidos inarticulados. Farfulla.

A un tris del vómito, el Impostor trataba de establecer algún tipo de comunicación con el gigante, pero no podía articular. Apenas si emitía gañidos de desesperanza, babeaba, persistía en negar lo que estaba viviendo. No quería ver, le espantaba mirar al hombre desmesurado, aceptar el prodigio o milagro que ocurría en los ojos del gigante porque, de hacerlo, aceptaría la irreal realidad de su situación. Esos ojos, robados a una pintura de El Greco, estaban anegados en lágrima, un líquido brillante que se desplazaba escurridizo y denso como el mercurio según el gigante movía la cabeza, pero sin trasegar ni una gota a sus ojeras cóncavas, al devastado rostro loco de dolor y de furia.

—Permítame explicarle... *señor* —pedagogea mordiendo rabioso las palabras el hombre disfrazado de gaucho y que sostiene llamarse Frutos— decirle lo que es usted. No quién es usted porque usted no es nadie, sino la clase de cosa que tengo el desagrado de tener ante mis ojos.

Había abandonado su frenética marcha y ahora —de pie en el centro del salón, patijunto para engrandecer su estatura— luchaba por dominar el sofoco.

—Usted, señor, es menos que una mierda: es un mierdita y conste que no le estoy diciendo buen día en albanés, que prescinde de la e —vuelve a pedagogear pedantesco sacándole brillo y esplendor a las palabras con betún académico—, pero reconozco que estas sutilezas no están al alcance de su sensibilidad ni conocimientos. Hasta ahora me he venido equivocando, pero no vaya a creerse que no sé cómo se les habla a sujetos de su calaña: ¿cuánto?

El letrado Patricio Jurado, que había permanecido frío, casi ajeno, apoltronado en uno de los sillones, se limita a mirarlo con hipócrita candor.

—¿Cuánto? ¿Cuánto quiere para dejar de incordiar a esta familia tan ofendida como doliente?

—Digamos que, en base a un diez por ciento del total estimado del patrimonio sucesorio, podemos redondear una cifra aceptable para ambas partes —propone el letrado.

Mientras el falso gaucho, a punto de hervir y evaporarse, intenta fulminarlo con una mirada de basilisco, Patricio Jurado conjetura que lo tiene a punto de caramelo.

El hombre fornido, rudo, autoritario, colorado, disfrazado de gaucho y a un tris del estallido, antes de decidirse a ir en busca de su escopeta, da su ultimátum:

—Quinientos mil patacones contra un documento de renuncia a todo futuro intento de inventarle a una mocosa callejera cualquier vínculo familiar y, menos aún materno-filial, con la difunta señorita doña Rosaura Anchoriz Cabranes Lepijo y Obes, a quien el Señor acogió en Su Seno cuando contaba 86 venerables años de una vida devota e impoluta. Lo toma o lo deja —concluyó para sí.

Parsimonioso, Patricio Jurado abre su maletín o portafolios y extrae unos papeles.

—Aquí está la renuncia —dice—. Traje el documento preparado en consideración a usted, señor Frutos, pues presumí y acerté, que su tiempo es precioso. Si está de acuerdo con los términos, un par de firmas y ni una palabra más.

—Aiá, aiá —sonó el gaucho autoritario. Y bué, se jodió el Lisandrito.

Al Impostor no le quedaban más palabras ni al gigante más churrasco que embutir en el torturado garguero del vetusto vendedor de seguros. El Impostor tosió débilmente. Tosecitas secas, cortas, insignificantes. Fue entonces cuando se preguntó si el hombre desmesurado no sería su tromba particular que lo había perseguido a través de los genes. Fue entonces cuando el gigante se preguntó quién podría ser ese intruso, qué hacía sentado en su cocina, de dónde habría salido y si no sería un emisario del enemigo.

El gigante comprendió que el otro, su antiguo predador, merecía unas palabras antes de que su furia se desatara en tromba.

—Se me murió la Rosa —declamó enronquecido.

El Impostor ignoraba si se refería a una mujer, a una vaca o a una flor y su mente confundida intentó volver a refugiarse en el recuerdo. Mandi fue una imagen fugaz, sus alegres años de imposturas desfilaron apagados, entrecortados, mudos. Una frase se coló burlona: *Voi ch'entrate...*

Sonrió desolado.

Bye, bye, Bob

Para J.C.O.

Ahí está y permanece en mi recuerdo. Grabado a fuego, indeleble, infamante y perverso como un rabioso tatuaje de Auschwitz. Sólo se trata de un clisé antojadizo y pueril, lo sé, pero me resulta imposible modificarlo. Ocurre que —cuando lo pienso o asalta mi memoria— simplemente se inserta y repite invariable. Siempre la misma canción. Entonces puedo verlo. Volver a ver a un Bob estragado, aplastado por el peso vertical que el sol del norte descarga sobre los naranjales de la Krutz, nutridos por aquella lejana tierra roja. A un Bob desenfocado, borroso, padeciendo sin soportar esa luz abusiva, estrictamente torturante para los implacables días después de sus noches anteriores perpetuas y desoladas.

Aunque razono y comprendo que no pudo ser del todo así, que necesariamente debieron existir variaciones sobre el mismo tema, usted persiste en presentarse con salacot y anteojos ahumados. Se trata claramente del mensaje de un fantasma, pleno de silencio y de angustia, que algo significa.

Tal vez todo el decorado, la inmutabili-
dad repetitiva de su eseoese, esa imagen peni-
tente y desamparada, sean puro prejuicio o invención míos. Pero quizás obedezca a que Bob
quedó marcado por medio siglo de inmundos
despertares tras, más que húmedas, embebidas
y más babosas que babeantes noches. Turbias
noches habitadas por su culposidad hipócrita,
sus delirios ramplones.

Repito que no puede haber sido así. Sé
que las plantaciones de la Krutz cuentan con
barracones infectos para los braceros, pero también con una casa grande sobre el barranco que
muere junto al río. Una construcción absurda
y prodigiosa, con sus techumbres de pizarra a
dos aguas sabiamente pensadas para que no se
acumule en ellas la improbable nieve de los trópi-
cos. Pero no todo es incongruente: un equipo
de aire acondicionado ronronea en sus entra-
ñas, convida al temblor aunque impere el sofoco o el sol se desplome pulverizando los roqueda-
les de la costa.

No niego que presencié su antigua y
fresca imagen de cachorro pero ahora, desde
aquella extraña conversación con mi hermana a la hora del té, estoy condenado para
siempre a verlo —a recordar a Bob o a inven-
tarlo— con facha de Stanley o Livingstone,
presumo.

Porque, a ver si lo tenemos claro, Bob. Usted y yo, apenas si nos vimos un par de veces. La primera fue en su terreno, la colonia de gringos a orillas del mar sucio, revuelto y dulzón. De cachorro, usted me lambeteó con la mirada estándar —modelo C-Especial— para latinos viscosos y me catalogó como nativo, olvidándome de inmediato. Todavía era usted el Bob rutilante, eficaz y musculoso, toda una promesa wasp para mamá y papá.

Admito que, también yo, pronto elegí olvidarlo. Pero, según pasaban los años y en ocasiones, su hermana Inés insistía en evocármelo mientras bordaba alegorías con destino a coronar depresivos Christmas familiares o vigilaba la germinación de los tulipanes en la oscuridad del ropero. Usted me era evocado en dolidas ráfagas fraternales que, ahora sé y está claro, no eran otra cosa que el preanuncio de lo que iría a contarme mi hermana a la hora del té sobre sus funciones en las tierras rojas del norte. Claro que usted y entonces, Bob, de todos modos hubiera desdeñado cualquier anunciación aunque había dejado ya por el camino —sin admitirlo, blindado de cinismo— girones de juventud, frescura e inocencia. Abandonado incluso el hábito de consultar la manoseada Biblia de sus mayores, en su estúpido afán de zafar del destino. Si al menos hubiera llegado a toparse con esos pasajes donde, entre una maraña de ambigüedades, se impone el sentido común en asertos tales como que quien quiera salvarse se perderá, que quien pierde gana, etcétera. Pero, no. Y, de todos modos, para nada le habría servido porque los milagros, se dice, ocurren sólo ante los poseedores del don o la gracia de la fe. Razonamiento tramposo pero, conjeturo, que se ajusta a su caso.

Porque usted, su futuro de usted, ya había sido augurado por Inés aunque en un tímido, esperanzado fallo en primera instancia curiosamente inapelable. Ese hecho y el haberlo visto en persona años más tarde, me hicieron posible justipreciar su hundimiento y corrupción con toda cabalidad y, ayudado por otras versiones que me llegaban esporádicas, comprobar que usted iba pagando —sin rebelión ni protesta— las cuotas de su pasaje al infierno.

A pesar de que su destino estaba escrito, predicho de antemano por quien usted bien sabe o habrá sabido, no cometí la tontería de suponer que la realidad imita al arte y me alegro de eso. Tan sólo me preguntaba, sin ánimo de ofender y un tanto desconcertado, cómo era posible que fuera usted tan cretino y tan ciego.

Años después, nuestro segundo o tercer encuentro me permitió constatar su torpe fracaso en la conquista de una apetecible actriz de tercera, borrar de mí para siempre su imagen de gringo cachorro. Pero más vale no recordarlo porque no agrega gran cosa; confirma apenas su exacto encaje con dicho vaticinio, lo mal que lo soportaba y cómo su complejo de Peter Pan le impedía ubicarse, ser un individuo, aprender a decir no y aceptar las consecuencias.

Casualidades: nuestro último encuentro —va a permitirme que lo llame así, aunque usted no estaba de cuerpo presente— se produjo, según dije, a la hora del té y hace meses en casa de mi hermana que está ubicada —como bien sabe o sabía, Bob— en la misma colonia de gringos en que ocurrió el primero.

Inés —que, como usted también sabe o sabía, superó hace tiempo la etapa del bordado alegórico— me había susurrado en los jardines su preocupación desesperanzada acerca de los males que usted se había ganado a pulso: una soledad irreductible, la mala bebida y una cirrosis de campeonato. Casi que lo lamenté. De haberlo hecho, ahora me estaría flagelando en algún sórdido conventillo.

Esto ocurría, ocurrió, durante un asado. Luego y por la tarde, en asunción de un inútil sacrificio de hermano por salvaguardar matrimonios ajenos y desahuciados, acepté compartir el té como una persona bien educada, es decir, limitándome a seguir la conversación sobre el tiempo y los rododendros, la carestía de la vida, los chicos y el colegio, como si la peste no existiera, no hubiera tomado el país por asalto. No sé si me explico. Usted no me conoce, claro, pero soy un insaciable bebedor de té. Entre eso y que hacía mucho que no nos veíamos con mi hermana, terminamos los dos solos a la mesa que iba siendo invadida, palmo a palmo, por el crepúsculo. Hasta ahí, todo muy correcto.

De pronto ella —mi hermana, no la suya de usted— habló como quien se hace preguntas en sueños. No aceptaba creer lo que decía; negaba lo que decía; decía sin decir. Dijo: «Bob... me contó Bob estando muy borracho, claro, que de vez en cuando vuela al norte, a los naranjales de la Krutz, con unos yankis para hacerles de intérprete».

Calló y, lo que había dicho, quedó resonando tan innocuo como las palabras de toda la tarde y todo se hizo penumbra y sólo pude percibir el brillo de sus ojos, la humedad del té en su dentadura y sus labios. Llegaban, desde los jardines, risas de muchachos, la fragancia a tierra mojada por el riego vespertino, el grito desolado del último pájaro. Si el aburrimiento no saltó sobre mí desde los rincones fue porque las palabras de mi hermana viajaban cargadas de crispada pregunta.

Ella continuó sonando, soñando sin permitirse creer en el sueño ni en su sonido: «Bob dijo también que los yankis interrogaban a prisioneros en los galpones y que él traducía. Luego regresaban todos en un avión y Bob se iba emborrachando más y más, con la urgencia absurda de quien quisiera dormir rápido para sacarle más provecho a una breve tajada de sueño, para poder soportar el momento en que los marines, los chicos de la Compañía o lo que quiera que fuesen, comenzarían a arrojar a los prisioneros desde el avión, desnudos y sobre el río. *«Eso,* me dijo, *ese instante, era lo que no podía soportar».* Se interrumpió y quedó escrutando lo poco que podía percibir de mi rostro cada vez que yo avivaba el resplandor del cigarrillo.

Sumida y silenciosa en la penumbra, no sé si mi hermana esperaba una absolución o un desmentido que no le concedí. Ignoro qué habrá hecho ella con esa historia ni qué habrá hecho de ella esa historia. Tampoco me importa demasiado.

Es por eso que ahora, cuando me acaban de llamar desde allá, desde la colonia junto al río inmundo, para contarme entre otras muchas cosas sin importancia que usted, Bob, terminó por reventar o sea morirse de una vez por todas, siento un alivio, una alegría casi. Y debe ser por eso que canturreo *Bye, bye, Bob; bye,*

bye, happiness, mientras me complace pensar que no hay infiernos climatizados salvo los naranjales de la Krutz, allá en el norte.

Madrid , 23 de abril de 1997

Este libro
se terminó de imprimir
en los Talleres Gráficos
de Palgraphic, S. A.
Humanes, Madrid (España)
en el mes de mayo de 1998

ÚLTIMOS TÍTULOS PUBLICADOS

José Donoso
CONJETURAS SOBRE LA MEMORIA
DE MI TRIBU

Campos Reina
EL BASTÓN DEL DIABLO

Philip Roth
OPERACIÓN SHYLOCK

Gonzalo T. Malvido
DOCE CUENTOS EJEMPLARES

William Boyd
LA TARDE AZUL

Javier Maqua
PADRE E HIJA

Miguel Torga
DIARIO II (1987-1993)

Carlos Casares
DIOS SENTADO EN UN SILLÓN AZUL

Antonio Martínez Sarrión
UNA JUVENTUD

Maruja Torres
UN CALOR TAN CERCANO

Luis Mateo Díez
LA MIRADA DEL ALMA

Luis Goytisolo
PLACER LICUANTE

Pedro Sorela
VIAJES DE NIEBLA

Nuria Amat
LA INTIMIDAD

Enriqueta Antolín
MUJER DE AIRE

Manuel de Lope
BELLA EN LAS TINIEBLAS

Philip Roth
EL TEATRO DE SABBATH

Ariel Dorfman
KONFIDENZ

Antonio Muñoz Molina
PLENILUNIO

Robert Saladrigas
LA MAR NUNCA ESTÁ SOLA

Pepa Roma
MANDALA

Anne Michaels
PIEZAS EN FUGA

Agustín Cerezales
LA PACIENCIA DE JULIETTE

Mario Vargas Llosa
LOS CUADERNOS DE DON RIGOBERTO

Mario Benedetti
ANDAMIOS

José Donoso
EL MOCHO

Manuel Rivas
EL PUEBLO DE LA NOCHE

Emilio Sánchez-Ortiz
CUENTOS, HISTORIAS
Y OTROS DESEOS INSATISFECHOS

Carlos Blanco Aguinaga
EN VOZ CONTINUA

Juan Antonio Payno
ROMANCE PARA LA MANO DIESTRA
DE UNA ORQUESTA ZURDA

Roddy Doyle
LA MUJER QUE SE DABA CON LAS PUERTAS

Ignacio Solares
COLUMBUS

José Ramón Martín Largo
EL AÑIL

Bárbara Jacobs
LAS HOJAS MUERTAS

Pedro Molina Temboury
ADIÓS, PADRE ETERNO

Alvaro Mutis
ILONA LLEGA CON LA LLUVIA

Tobias Wolff
EN EL EJÉRCITO DEL FARAÓN

William Faulkner
LA ESCAPADA

Günter Grass
ES CUENTO LARGO

Juan Villoro
MATERIA DISPUESTA

Héctor Aguilar Camín
UN SOPLO EN EL RÍO

Carmen Boullosa
CIELOS DE LA TIERRA

José Saramago
TODOS LOS NOMBRES

Juan Benet
TRECE FÁBULAS Y MEDIA
Y FÁBULA DECIMOCUARTA

J. J. Armas Marcelo
ASÍ EN LA HABANA COMO EN EL CIELO

Miguel Torga
BICHOS

Tomás de Mattos
LA FRAGATA DE LAS MÁSCARAS

Marcela Serrano
EL ALBERGUE DE LAS MUJERES TRISTES

Saul Bellow
LA VERDADERA

Omar Prego Gadea
DELMIRA

Julio Llamazares
TRÁS-OS-MONTES

Luis Mateo Díez
EL PARAÍSO DE LOS MORTALES

Benjamín Prado
ALGUIEN SE ACERCA

Alberto Fuguet
TINTA ROJA

Mia Couto
TIERRA SONÁMBULA

Rafael Ramírez Heredia
CON M DE MARILYN

Rosa Montero
AMANTES Y ENEMIGOS

Eliseo Alberto
CARACOL BEACH

Sergio Ramírez
MARGARITA, ESTÁ LINDA LA MAR